추천의 글

요즘 초등학생들은 공부를 정말 많이 합니다. 그리고 그 연령대는 점점 낮아지고 있지요. 이런 분위기 속에서 부모님들이 놓치고 있는 아주 중요한 사실이 하나 있습니다. 억지로 하는 공부는 결국 힘을 잃는다는 것. 인간에게는 스스로 선택하고 결정할 수 있는 자유 의지가 중요합니다. 그것이 자신의 미래를 스스로 개척하고 어려움 앞에서도 쓰러지지 않는 힘이 되어 주니까요. 모든 아이는 스스로 공부할 수 있습니다. 아직 그 방법을 몰라서, 또는 공부에 대한 목적의식을 찾지 못해 길을 잃은 아이들에게 동화 속 현명이의 성장 이야기는 길잡이가 되어 줄 것입니다.

_정승익 EBS 영어 강사, 《그렇게 부모가 된다》 저자

나만 공부가 재미없는 걸까? 평소에 그런 생각을 많이 했는데 누구나 공부는 어렵고 재미없다고 하니 '나만 그런 생각을 한 게 아니었구나'라는 생각에 안심이 되었어요. 그리고 공부를 어떻게 해야 하는지 알 것 같아요. 수학 공부가 제일 어려웠는데 초등학교 때는 스스로 푸는 연습을 많이 해야 한다고 해서 실천해 보려고 해요.

_초등학교 4학년 송○○

저는 공부를 잘하고 싶지만 어떻게 해야 하는지 몰라 고민이 많았는데 이 책을 통해 동기부여가 되었어요. 특히 수학이 어려웠는데 기초를 쌓은 뒤 어려운 문제에도 도전해서 스스로 풀어 보는 연습을 해 보려고 해요. 공부는 누구나 하기 싫은 것이지만 목표를 찾고 인내하면서 하는 것이 공부라는 말도 명심하겠습니다.

_초등학교 6학년 김○○

욕심 많은 초등학교 3학년 딸아이가 올해 들어 갑자기 공부를 더 잘하고 싶다, 서울대에 가고 싶다면서 공부 잘하게 되는 공부법을 알고 싶다고 했어요. 막연하게 공부를 많이 해야 한다, 열심히 해야 한다 생각했는데 이 책을 통해 구체적인 방향과 공부에 대한 갈피를 잡을 수 있었어요. 아이는 할 수 있다는 자신감이 생겼다고 합니다.

_초등학교 3학년 학부모

공부는 유전이 아니라 노력이라니 희망이 생깁니다. 평상시 궁금했던 과목별 공부법에 대한 내용이 도움이 많이 되었어요. 아이 스스로 지금의 공부법에 어떤 문제가 있는지 점검해 볼 수 있어서 좋았습니다. 이렇게 고급 비법을 공유해 주셔서 너무 감사합니다.

_초등학교 5학년 학부모

'공부하는 방법'에 대한 공부는 없었기에 늘 기본이 빠져 있는 느낌을 지울 수가 없었습니다. 아이도 이 책에서 말하고 있는 공부법들을 실천해 보겠다고 합니다. 공부뿐만 아니라 멘탈 관리, 친구 관계에 대한 이야기들도 담겨 있어 정말 유익했습니다.

_초등학교 6학년 학부모

스스로
공부하는 아이들

스스로 공부하는 아이들

전교 1등 의대생의 초등 공부법

임민찬 글 | 최경식 그림

한경키즈

내 안의 가능성을 찾아가는 스스로 공부법

여러분은 스스로 공부하고 있나요? 많은 친구들이 아직은 부모님이나 선생님이 시키는 공부만 하고, 공부 계획표를 짜거나 채점하는 일도 부모님이 도와주실 거예요. 하지만 중학교 공부는 초등학교 때와 정말 달라요. 중학생이 되면 배워야 하는 과목이 많아지고, 중간고사와 기말고사는 여러 단원을 동시에 공부해야 해요. 내용도 훨씬 어려워지고요. 그러니 초등학생 때처럼 부모님이나 선생님에게만 의존해서는 좋은 성적을 받기 힘들어요. 스스로 공부하는 습관을 길러야 하는 이유가 여기 있답니다.

솔직히 말하자면, 사실 저도 스스로 공부하는 초등학생은 아니었어요. 게임과 축구와 야구를 좋아할 뿐, 공부에는 흥미가 없었지요. 선생님이랑 부모님이 하라고 하니 어쩔 수 없이 공부할

뿐이었어요. 그때 저는 지방에서 학교를 다녔는데, 제 마음속에는 열심히 공부해 봤자 어차피 서울에 있는 아이들보다 잘할 수 없을 거라는 부정적인 생각도 있었어요. 제가 살던 지역에는 학원이 많지 않았거든요.

그러던 어느 날, 부모님이 수학 시험에서 100점을 받으면 제가 원하는 비싼 게임기를 사주겠다고 제안하시더라고요. 게임기가 너무 갖고 싶었던 저는 처음으로 열심히 공부하기 시작했어요. 그렇게 몇 개월이 지난 뒤, 초등학교 5학년 수학 시험에서 처음으로 100점을 받았어요!

처음에는 게임기 때문에 시작한 공부였지만, 한번 100점을 맞아 보니 자신감이 불끈 솟아났어요. 예전에는 수업 시간에 발표하는 걸 싫어했는데, 수학 공부를 열심히 한 뒤로는 수학 시간이 너무 즐거웠고, 아는 게 생기다 보니 발표도 자신 있게 하기 시작했지요. 친구들과 선생님은 변해 가는 제 모습을 보며 '대단하다, 멋지다'라고 칭찬해 주었어요. 누군가에게 공부로 인정을 받으니 정말 신나더라고요.

이때의 성취 경험과 자신감을 바탕으로 저는 공부에 집중하

기 시작했어요. 수학뿐만 아니라 국어, 영어, 과학 등 다른 과목도 공부하기 시작했고, 공부하다 보니 '스스로 공부하는 나만의 습관'도 만들어졌지요. 스스로 공부하는 습관이 생기니 어떤 어려운 과목을 배우더라도 두렵지 않았어요. 이렇게 초등학교 때부터 스스로 공부하는 습관을 만들어 놓으니 중고등학생이 되어서도 꾸준히 공부할 수 있었고, 결국 꿈에 그리던 의대에 입학할 수 있었답니다.

스스로 공부한다는 건 학원도 다니지 말고 자기 방에서 혼자 공부하라는 뜻이 아니에요. 학원을 다니든 안 다니든 상관없이 그날 배운 내용을 스스로 복습하고, 어려운 과목을 스스로 보충하고, 공부 계획표도 혼자 세우는 등 나만의 공부 습관을 만드는 것! 그게 바로 '스스로 공부한다'는 의미예요. 이렇게 혼자서도 능동적으로 공부할 줄 아는 학생이 되려면 초등학생 때부터 스스로 공부하는 습관을 연습해 보고, 공부를 왜 해야 하는지도 고민해 봐야 해요.

이 책 속에는 여러분과 똑같은 공부 고민을 가지고 있는 말썽꾸러기 현명이가 그 고민들을 하나씩 해결해 나가는 이야기가

담겨 있어요. 현명이가 어려움을 헤쳐 나가는 모습을 보면서 여러분은 각 과목별 공부법은 물론이고, 공부의 목적도 찾아갈 수 있을 거예요. 물론 처음에는 쉽지 않아요. 중고등학교 때 전교 1등을 하고 의대에 다니고 있는 저조차도 초등학생 때는 혼공 습관을 들이는 게 어려웠거든요. 하지만 처음부터 잘하는 사람은 없어요. 그럴 필요도 없고요. 현명이가 그랬던 것처럼 꾸준히 공부하다 보면 어느 순간 스스로 공부하는 습관이 잡힌, 기초가 단단한 멋진 초등학생이 되어 있을 거예요.

공부는 원래 재미없고 힘들어요. 그럼에도 스스로 공부하는 습관을 확실히 내 것으로 만든다면 중고등학생이 되어서도 좋은 점수를 받을 수 있고, 자신의 꿈에 한 발자국 더 가까이 다가갈 수 있어요. 누구나 스스로 공부하는 어린이가 될 수 있어요. 고민하지 말고, 주저하지도 말고 지금 바로 시작해 보세요!

임민찬

차례

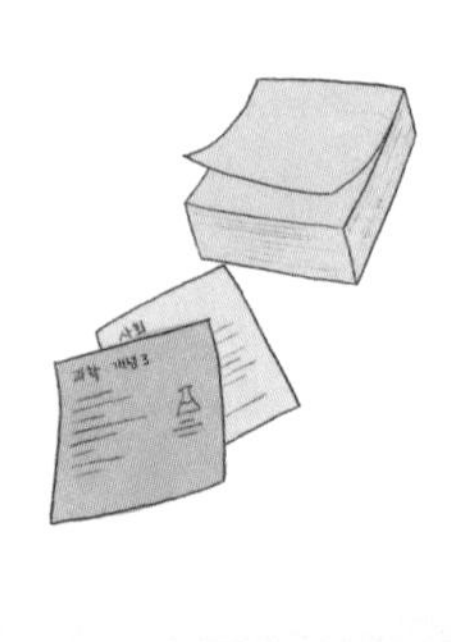

○ 3장 ○
중학교 공부를 위한 초등학교 공부는 이렇게

○ 4장 ○
공부는 지구력이다

○ 5장 ○
나를 위한 공부의 시작

1장

공부에는 관심 없어!

이름값은 해야지

"현명이 집에 있지?"

퇴근하고 돌아온 엄마가 현관문을 열자마자 크게 소리쳤다. 하지만 엄마 귀에 들리는 건 냉장고 돌아가는 소리뿐. 엄마 얼굴에 갑자기 확 열이 오르기 시작했다. 어제 분명히 축구 교실 끝나자마자 집에 오라고 못을 박아뒀는데 또 다른 데로 빠진 것이다. 현관 시계를 올려다보니 저녁 7시. 엄마는 머리에서 열이 뿜어져 나올 기세였다.

"이 녀석, 그렇게 단단히 일렀는데 또 말을 안 듣는다고?"

엄마는 현명이에게 재빨리 전화를 걸었다.

"엄마, 엄마, 엄마!"

현명이가 무슨 다급한 일이 있는 것처럼 요란스럽게 전화를 받았다.

“핑계 대지 말고 당장 튀어와. 열 센다.”

“아이, 엄마. 내 발에 바퀴가 달린 것도 아니고 준오 집에서 어떻게 그렇게 빨리 가! 나한테는 날개가 없어!”

“그렇게 떠들 시간에 달려와도 벌써 왔겠다. 너 지금 말만 그렇게 하고 신발도 안 신고 있는 거 엄마 다 안다.”

“헐, 어떻게 알았지? 귀신이다.”

“잔소리 말고 빨리 튀어온다. 하나, 둘….”

현명이가 전화를 뚝 끊었다. 엄마는 휴대전화를 탁자 위에 내려놓으며 휴우, 한숨을 쉬었다. 늦둥이라고 너무 오냐오냐 예쁘게만 키워서 저렇게 엄마 말을 가볍게 듣는 걸까 싶은 생각이 들었다. 공부에는 도통 관심이 없고 친구들과 어울려서 운동하고 게임하는 데만 열심인 현명이가 엄마에게는 요즘 최고의 골칫거리다. 며칠 전에도 공부 얘기를 꺼내면서 영어 학원이랑 논술 학원을 다니자고 얘기했지만, 현명이는 고개를 절레절레 저었다.

“엄마, 나는 공부에 관심이 없다니까? 나는 현재 형이 아니야. 나는 머리가 그렇게 좋지 않다고. 공부 안 한다고!”

“누가 형처럼 잘하래? 기본적인 건 알아야 하잖아. 수업은 알아듣고 쫓아가야지. 운동선수도 똑똑해야 한다는 거 몰라? 다른 애들은 학원을 대여섯 개씩 다니는데, 넌 달랑 수학 학원 하나 다니는데 두세 개 더 못 다녀?"

현명이는 엄마를 보며 진지하게 말했다.

"엄마, 나 축구할 때는 머리 엄청 잘 돌아가. 똑똑한 플레이어라고 감독님도 그러셨어."

"어휴, 재는 어쩜 저렇게 고집이 셀까. 엄마 말 좀 들어주면 안 돼? 너 좋으라고 그러는 건데?"

"어허, 이제 초등학교 5학년인데 좀 놀게 둬요. 공부는 중학교 가서 해도 돼."

소파에 앉아 있던 아빠가 불쑥 말을 얹었다. 아빠의 말에 엄마 눈에서 번쩍번쩍 레이저가 쏟아졌다.

"와, 완전 멋져, 우리 아버지! 아버지, 감사합니다! 역시 훌륭한 사람들은 생각이 남다른 법이지."

현명이는 기분이 좋으면 아빠를 '아버지'라 부르며 깍듯하게 대했다. 그럴 때마다 아빠는 껄껄 웃으며 세상에서 제일 행복한 얼굴로 현명이를 꿀 떨어지는 눈으로 바라보았다. 현명이가 아빠를 꽉 껴안고 신이 나서 제 방으로 들어가자 아빠는 엄마 눈치를 보면서 슬금슬금 자리를 피했다.

"어디 가요!"

엄마가 아빠 등에 대고 버럭 소리를 질렀다.

"아, 깜짝이야. 왜 소리는 지르고 그래요. 화장실 가는 것도 보고하고 가…요?"

"당신은 어떻게 애 공부시킬 생각은 안 하고 놀게 할 생각만 해요? 애가 놀겠다고 그래도 말려야죠. 현명이도 이제 5학년이라고요!"

"여보, 저녁에 먹은 두부가 상했나 봐. 배가 너무 아파."

아빠는 이렇게 말하고 후다닥 화장실로 숨어들었다.

"두부는 먹지도 않았는데, 무슨 두부가 상해요!"

엄마가 쾅 닫히는 화장실 문에 대고 어처구니없어 하며 목소리를 높였다. 이제 아빠는 30분 후에야 화장실에서 살금살금 나올 것이다.

늘 이런 식이었다. 현명이와 엄마의 의견 충돌은 늘 아무 성과 없이 끝났다. 가끔은 엄마도 초등학교 때는 좀 놀아도 되지, 싶다가도 동네 아이들이 중학교 선행을 하니, 선행 몇 회독을 했니 하는 소리를 들으면 마음이 급해졌다. 현명이만 뒤떨어지는 것 같아 불안한 마음도 들었다. 하지만 현명이를 다른 아이들과 비교하고 싶지는 않았다. 다만 엄마는 현명이가 기본도 못할까 봐 걱정이었다. 초등학교 공부를 잘 다져 놓아야 중학교 가서도 쫓아갈 텐데, 너무 기초가 없으면 중학교 공부마저 흔들릴까 봐 그게 걱정인 것이다. 현명이보다 여덟 살 많은 형 현재는 알아서 공부했기 때문에 이런 걱정은 단 한 번도 한 적이 없었다. 그런데 현명이는 현재와 달라도 너무 달랐다.

엄마가 한숨을 푸욱 쉬며 걱정하고 있을 때 현관문이 열리고 현명이가 헐레벌떡 뛰어 들어왔다.

"엄마, 엄마, 엄마! 몇까지 셌어?"

엄마는 현명이를 찌릿 노려봤다.

"아이쿠, 무서워. 우리 엄마 예쁜 눈 가재 눈 되겠다."

현명이는 세상에 무서운 게 없었다. 엄마가 아무리 무서운 얼굴을 하고 진지하게 말을 해도 현명이는 눈 하나 깜짝하지 않았다.

"현명아, 노느라고 7시에 집에 들어오는 초등학교 5학년에 대해서 어떻게 생각해?"

"엄마가 집에 없어서 외로워서 그런 건데."

또 능청이었다.

"출근하는 엄마가 하루 이틀 없었니? 10년째 회사를 다니고 있는데, 핑계가 좋다, 너!"

"헤헤, 퇴근한 우리 엄마가 피곤할까 봐 준오 집에서 저녁밥까지 먹고 왔는데, 엄마는 이런 아들 마음도 몰라주고."

누굴 닮아서 저렇게 능청을 떠는지 엄마는 말이 안 나왔다.

"현명이 너, 엄마랑 내일 영어 학원에 좀 가자."

"엄마, 나 학원 더 안 다닌다니까! 그리고 나 영어 잘해. 아이 엠 어 스튜던트. 아임 파인 땡큐, 앤듀?"

엄마, 엄마, 엄마!
몇까지 셌어?
찌릿!

어처구니없는 엄마가 이마를 짚으며 눈을 꾹 감았다. 현명이는 도저히 당해낼 수가 없었다.

"엄마, 나 지금부터 숙제할 거니까 방해하지 마."

이때다 싶은 현명이가 꽁무니가 빠져라 자기 방으로 쏙 들어가 버렸다.

"문 잠그지 마, 너!"

엄마의 하나마나한 말이 허공에 흩어졌다. 엄마의 말이 끝나기가 무섭게 방문이 딸깍 하고 잠겼다. 엄마는 머리가 지끈지끈 아팠다. 머리를 꾹꾹 누르던 엄마는 갑자기 눈을 크게 뜨며 주먹을 쥐었다.

"그럼, 이름값은 해야지, 우리 현명이! 이대로 포기 못해!"

어떻게 해서든 영어 학원에는 꼭 보내고 말리라, 엄마는 입술을 앙 다물며 굳게 다짐했다.

좌충우돌, 우당탕탕 현명이의 하루

현명이는 지각을 해본 적이 없다. 학교가 너무 재미있어서 잠 때문에 등교를 늦게 하고 싶지 않았다. 그래서 항상 일찍 자고 일찍 일어났다. 현명이는 누가 깨우지 않아도 7시면 벌떡 일어나서 세수하고 아침밥까지 푸짐하게 챙겨먹은 뒤 학교로 달려갔다. 물론 아빠가 생일선물로 준 축구공을 꼭 끌어안고서. 여름이든 겨울이든 상관없었다.

다른 아이들이라면 족히 20분은 걸려야 도착할 학교를 현명이는 10분이면 돌파했다. 현명이가 학교 운동장에 도착하는 시각은 8시. 현명이는 그 길로 곧바로 5학년 3반 교실로 돌진한다. 그러면 아침 운동을 하기로 한 준오와 성태가 와 있을 때도 있고, 없을 때도 있다. 친구들이 있거나 말거나 현명이는 가방을 의자

위에 던져놓고는 다시 운동장으로 직행한다. 그러고는 운동장을 종횡무진하며 축구공을 찬다. 그러다 보면 같은 반 준오와 다른 반 성태도 어느새 합류한다. 세 아이는 매일 그렇게 학교 운동장에서 아침운동을 한다. 종목은 자주 바뀐다. 어떤 날은 축구를 하고, 어떤 날은 준오가 좋아하는 농구를 할 때도 있고, 또 어떤 날은 성태가 좋아하는 철봉 오래 매달리기를 할 때도 있다.

이날도 현명이는 밥을 든든히 먹고 신발을 신는 둥 마는 둥 현관문을 박차고 나왔다.

"다녀오겠습니다!"

현명이는 인사 잘하기로 소문이 났다. 동네 아주머니들도 '우리 아파트 매너남'이라고 입에 침이 마르도록 칭찬했다.

"현명이 엄마, 저렇게 싹싹하고 애교 많은 아들 둬서 너무 좋겠어요."

동네 아주머니들이 그렇게 칭찬을 하면 엄마는 억지웃음을 지으며 애써 감사 인사를 했다.

"감사해요. 싹싹하고 애교가 많긴 하죠. 공부를 안 해서 그렇지."

"호호호, 벌써부터 공부 잘하는 거 소용 없어. 중학교 가서 잘하면 되지."

"맞아요. 난 현명이 같은 아들 하나 있으면 소원이 없겠어."

"그러니까 말야. 현명이 엄마는 큰아들도 의대생이고, 막내는 축구 선수감이고. 보기만 해도 배부르겠어."

속도 모르는 동네 아주머니들 때문에 엄마는 그런 칭찬을 들을 때마다 가슴이 답답했지만 사실 아주머니들 말이 틀린 건 아니다. 그야말로 현명이는 인사 잘하고 싹싹하고 애교 많은 아들이니까 말이다. 매일 아침 혼자서 벌떡 일어나 아침밥 먹고 학교로 달려가는 현명이를 보고 있자면, 뭐든 혼자서 잘하는 현명이를 대견하다 칭찬해 줘야 하나, 아니면 학교도 놀기 위해서 가는 걸 혼내야 하나 싶다. 엄마의 그런 고민과 걱정을 아는지 모르는지, 오늘도 현명이는 운동장을 종횡무진 누비며 축구공을 찼다.

"야, 박준오. 너 달리기 엄청 빨라졌다. 나 몰래 연습했어?"

"무슨 소리야. 이 몸은 원래 빛보다 빠른 발을 갖고 있지."

"뭐라는 거야. 달리기 하면 나 이현명 아니겠냐? 우리 축구 코치님도 나보고 발바닥에 바퀴 달았냐고 했는데."

"둘 다 말도 안 되는 소리 그만해. 내가 우리 반 짱인 거 모르는 사람 있어?"

성태가 가슴을 쫙 펴고 끼어들었다. 세 아이는 투닥거리면서 잠시 서서 땀을 식혔다.

"아하, 그래? 너희들 발이 그렇게 빠르다고? 그럼 내 공도 한번 뺏어보든가~!"

친구들이 한숨 돌리는 사이, 현명이가 공을 차며 냅다 앞으로 튀어나갔다. 준오와 성태는 총알이 튀어나가듯이 현명이 뒤꽁무니를 쫓았다. 한두 번 당한 게 아니라서 놀라지도 않았다. 세 아이가 막 운동장을 뛰기 시작했을 때 학교 종이 울렸다.

준오가 벌겋게 달아오른 얼굴로 인상을 찌푸렸다. 한여름 아침 빛은 오후 태양빛과 맞먹을 정도로 뜨거웠다.

"너희들, 내일도 이 시간에 올 거지?"

현명이가 헉헉 숨을 내뱉으며 물었다.

"물론이지!"

준오와 성태가 약속이라도 한 것처럼 동시에 소리쳤다.

"좋았어. 역시 우리 삼총사! 자, 이제 빨리 교실로!"

아이들은 교실을 향해 쏜살같이 뛰어갔다. 성태는 5반으로 준오와 현명이는 3반으로 바람처럼 흩어졌다.

교실에 들어오니 뽀송뽀송한 얼굴의 아이들이 교탁을 보고 있었다. 선생님도 교탁에 서서 교과서를 보고 계셨다.

"이현명, 박준오! 오늘도 꼴찌야."

선생님께서 장난스레 눈을 흘기며 말씀하셨다.

"선생님! 우리 아빠가 체력은 국력이라고 하셨거든요! 저희는 지금 국력을 기르고 왔습니다!"

선생님은 현명이의 씩씩한 대답에 웃으며 고개를 끄덕이셨다.

"우리 현명이 말솜씨를 누가 이기겠니. 어서 자리에 앉아."

땀범벅에 얼굴은 홍당무처럼 붉게 달아오른 아이들이 자리에 앉았다. 현명이 옆자리에 앉은 신애가 코를 감싸 쥐며 투덜거렸다.

"악, 땀 냄새!"

"야, 그럼 운동하고 왔는데 땀 냄새가 나지, 꽃 냄새가 나겠냐?"

"선생님, 자리 바꿔주세요. 이현명 땀 냄새 너무 지독해요."

"자자, 그만 떠들고 국어 교과서 펴자."

선생님 말씀에 신애가 코를 움켜쥔 채로 교과서를 꺼냈다. 아이들이 모두 교과서를 꺼내 책상 위에 올려놓을 때, 현명이가 손을 번쩍 들었다.

"선생님!"

칠판에 오늘 배울 단원 제목을 쓰던 선생님이 뒤를 돌아보셨다.

"친애하는 반 친구들의 후각을 위해서 잠시 화장실에 가서 세수 좀 하고 와도 될까요?"

의젓하게 말하는 현명이를 보며 선생님이 웃으며 고개를 끄덕이셨다.

"5분 안에 갔다 올 것!"

"넵! 명심하겠습니닷!"

현명이와 준오가 교실을 뛰쳐나갔다. 시원한 수돗물로 어푸어

푸 요란하게 세수를 한 아이들은 3분 만에 자리로 돌아왔다. 그런데 문제는 그때부터였다. 처음엔 눈을 말똥말똥 뜨고 선생님 말씀을 듣던 현명이의 눈꺼풀이 조금씩 내려앉기 시작했다.

'아, 왜 이러지? 오늘 너무 빨리 일어났나?'

그럴 만도 했다. 어제 현명이는 준오와 함께 핸드폰 게임을 하다가 12시에 잤다. 엄마한테 안 들키려고 머리끝까지 이불을 뒤집어쓰고 게임을 하느라 점수는 엉망이었지만, 다행히 들키지는 않았다. 운동하고 학원 숙제, 학교 숙제까지 마치면 게임할 시간은 잠자리에 들기 전 몇 시간밖에 없다. 그러니 현명이는 12시, 심지어는 12시를 넘겨 잠자리에 든 적도 많다.

'안 돼. 잠을 깨자. 잠을 깨자, 이현명!'

현명이는 속으로 주문을 외우듯 중얼거렸다. 하지만 이미 잠은 강력한 토네이도처럼 몰려왔다. 현명이는 계속해서 "안 돼, 안 돼, 자면 안 돼"라며 중얼거렸지만 눈꺼풀은 말을 듣지 않았다.

우당탕 쾅당!

요란한 소리에 현명이의 눈이 번쩍 떠졌다. 그런데 웬일인지 엉덩이가 너무 아팠다. 정신을 차려보니 반 아이들이 깔깔거리면서 책상을 치며 웃고 있고, 현명이는 책상과 함께 교실 바닥에 나뒹굴어 있었다.

"야, 이현명! 너 왜 이래. 정신 차려!"

준오가 현명이를 일으켜 세우며 작은 목소리로 핀잔을 줬다. 그래도 준오밖에 없었다. 다른 아이들은 웃느라 정신없는데 말이다. 선생님도 간신히 웃음을 참고 있었다.

"현명아, 그러니까 너무 빨리 등교하지 마. 잠을 푹 자야 머리도 잘 돌아가고 엉덩이도 안 깨지는 거란다."

선생님이 웃음을 떨쳐내고 진지한 표정으로 말씀하셨다.

"하하하, 선생님. 제 엉덩이도 걱정해 주시고 감사합니다."

현명이가 주섬주섬 일어나 자리에 앉으며 억지웃음을 지었다.

"반 친구들이 좀 지루할까 봐, 제 몸을 희생해서 웃겨 봤어요."

선생님은 교탁을 탁탁 두드리시면서 분위기를 전환했다.

"자, 이제 그만 웃고 수업에 집중하자. 현명이 덕에 다들 졸음이 싹 달아났지? 자, 지금부터 집중!"

정말 아침부터 무슨 망신인지, 현명이는 머쓱해 하며 머리를 긁적였다.

현명이는 항상 운동할 때만 훨훨 날아다녔다. 공부와 관련된 상황만 생기면 항상 문제가 생겼다. 졸다가 책상에서 굴러 떨어지기도 하고, 한번은 졸다가 꿈을 꿔서 갑자기 "악!" 소리를 지르며 자리에서 벌떡 일어난 적도 있다. 수학 학원에서도 마찬가지였다. 분수의 뺄셈을 어처구니없게 틀려서 아이들에게 놀림을 받거나 수업 시간에 늦어서 우당탕탕 뛰어가다가 계단에서 넘어져 무릎에서 피가 철철 난 적도 있다.

"우리 현명이는 공부에 딱 10퍼센트만 관심이 있어도 너무너무 훌륭한 어린이가 될 텐데."

학원 선생님이 그런 현명이를 보고 이렇게 말하면 현명이는 씨익 웃으며 대꾸했다.

"선생님, 사람은 그렇게 완벽하면 안 돼요. 애들하고 수준을 맞춰야 걔네들이 편하게 다가오거든요. 이건 저의 완벽한 전술이라고요!"

이런 현명이에게 선생님이 무슨 말을 더 한단 말인가! 그렇게 현명이는 친구들과 어울리면서 운동하고 게임하는 일에만 하루의 대부분을 썼다. 아마 학교에서 친구가 제일 많은 아이, 인기가 제일 많은 아이를 꼽으라면 누구든 현명이를 골랐을 것이다. 그만큼 현명이 주위에는 항상 아이들이 몰려 있었다. 쉬는 시간에도 하교 시간에도 무리의 중심엔 항상 현명이가 있었다.

"얘들아, 오늘 수업 끝나고 운동장에서 축구 시합할 사람!"

아이들이 손을 번쩍 들며 서로 끼워달라고 야단법석이었다.

"좋아, 그럼 가위바위보로 팀 정하자. 자, 모여 봐, 다들!"

학교에서나 학원에서나 항상 시끄럽고 왁자지껄한 곳을 돌아보면 그 중심엔 항상 현명이가 있었다. 다만 공부가 있는 곳엔 현명이가 없었다. 그곳에서 현명이는 언제나 묵언수행 중이었다.

뭐라고? 형이 온다고?

"형이 온다고, 엄마?"

현명이가 눈을 동그랗게 뜨며 엄마에게 되물었다. 식탁에 앉아서 저녁밥을 먹던 현명이의 입에서 밥풀이 튀어나올 뻔했다.

"그래, 왜? 너무 좋아?"

현명이가 밥을 꿀떡 넘겼다. 그런 현명이를 보며 아빠가 총각김치를 아삭 씹으며 놀리듯 말했다.

"천하의 이현명이 가장 두려워하는 그 이름, 이현재!"

"아빠! 아니거든."

아빠는 뭐가 그렇게 재미있는지 싱글싱글 웃으며 총각무를 우걱우걱 씹었다.

"형은 왜 오는 건데?"

"왜 오긴? 여름방학이잖아. 대학교 여름방학은 초등학교보다 빨라. 대학 들어가고 첫 여름방학이니까 집에 와야지."

작년에 의대에 합격한 현재 형은 대학 근처 할머니 집에서 지냈다. 집과 학교가 멀어 왔다 갔다 하기 너무 힘들어서 공부에 집중하기 어렵다는 게 현재 형의 말이었다. 그러자 아빠는 당장 할머니 집에 전화를 드려 사정을 설명했고, 할머니는 아빠 말이 끝나기가 무섭게 당장 오라며 착착 일을 진행시켰다. 그렇게 현재 형은 집을 떠나 할머니 집에서 대학 생활을 시작했다. 온 집안의 자랑인 현재 형과 함께 살면서 형의 공부에 조금이나마 도움을 줄 수 있다는 것만으로도 할머니는 기분이 좋은 것 같았다. 기분이 우울한 건 현명이뿐이었다.

"너는 하나밖에 없는 형이랑 왜 그렇게 서먹서먹해?"

엄마가 정말 궁금하다는 듯 진지하게 물었다.

"나이 차이가 많이 나서 그런가?"

엄마는 자문자답을 하며 된장국을 한술 떴다.

"여덟 살 차이면 많긴 많지."

아빠 말에 현명이가 고개를 끄덕였다.

"나이 차이 많이 나는 형이 있으면 든든하고 더 좋지 않아?"

엄마가 이해할 수 없다는 듯 말했다. 현명이는 무슨 말을 하려다가 그만두고 밥 한 숟가락을 입에 더 욱여넣었다. 성격부터 학교 성적까지 둘은 너무 달랐고, 그래서 현명이는 형에게 다가가기가 쉽지 않았다. 현재가 대학 입시를 준비하던 고1에 현명이는 고작 초등학교 2학년이었기 때문에 서로 대화를 나누거나 함께 뛰어놀아 본 적도 거의 없었다. 현재는 현명이에게 마치 유니콘 같은 존재였다. 동네 아주머니들이나 선생님에게 형에 대한 칭찬은 많이 들었지만 얼굴을 제대로 본 적은 없었으니 말이다. 주말에만 간신히 얼굴을 볼 정도였지만, 그때에도 현재는 항상 공부를 하고 있었다. 방해하면 안 될 것 같은 분위기를 팍팍 풍기면서.

현명이는 그런 형이 항상 대단하다고 생각했고, 그런 생각이 쌓이는 만큼 거리감이 생겼다. 형이랑은 무슨 말을 해야 할지도 모르겠고, 어떻게 다가가야 할지도 몰랐다. 형은 축구에도 게임에도 전혀 관심이 없었다. 그런 형이 집에 온다니 현명이는 벌써부터 어색함으로 온몸이 얼어붙을 지경이었다.

"형이 현명이한테 할 말이 있다던데?"

엄마가 이번에는 계란말이를 집어 들며 말했다.

"나? 나한테? 왜? 무슨 얘기?"

현명이가 전기에 감전된 것처럼 화들짝 놀라며 벌떡 일어섰다.

"너 무슨 죄 지었니? 형이 동생한테 할 말이 있다는데 왜 그렇게 기겁을 해?"

엄마 역시 놀란 표정으로 물었다. 현명이가 주섬주섬 의자에 앉으면서 얼버무렸다.

"아니, 형이랑 내가 무슨 대화를 하는 사이는 아니라서…."

"푸하하하하."

아빠가 참고 있던 웃음을 터뜨리고 말았다. 하지만 엄마는 현명이가 정말 이해 안 된다는 표정이었다.

"현명아, 현재 같은 형을 둔다는 건 진짜 행운이야. 드문 일이라고. 공부도 도와줄 수 있고, 맛있는 것도 사줄 수 있잖아. 나중에는 용돈도 줄 텐데? 너 저렇게 똑똑한 사람을 형으로 둔 걸 자랑스럽게 생각해야 돼."

"누가 뭐래? 그냥 좀 어색하다 이거지…."

"여보, 인생은 모르는 거야. 나중에 현재가 현명이 같은 동생 둔 걸 자랑스러워할 날이 온다고. 지금부터 너무 그렇게 단정 짓지 마요."

아빠가 웃음기를 지우며 진지하게 말했다.

"내 말은 그게 아니잖아요. 그런 든든한 형이니까 좀 친하게 지내라는 거죠. 현재야 지금까지 공부하느라 동생 챙겨 주기 힘들었지만, 현명이는 형한테 먼저 다가갈 수 있잖아요. 다른 사람한테 하는 거 반만 해도 형하고 친해지겠구만, 형한테는 유난히 낯을 가리니까 하는 소리예요."

"나 낯 안 가리는데? 나 형 조, 조, 좋은데?"

현명이가 어색한 표정을 지으며 말을 더듬자 아빠가 아까보다 더 크게 웃음을 터뜨렸다.

"그냥 너무 갑자기 친해지려고 할 필요 없어. 형제가 어색하면 뭘 얼마나 어색하겠어. 살 부비면서 지내다 보면 금방 친해져. 현재도 까다로운 애 아닌데, 뭘."

아빠는 별 걱정이 없었다. 아무리 성격이며 성적이 하늘과 땅 차이라 해도 형제는 형제 아닌가. 서로 대화 한번 제대로 해본 적 없더라도 형제는 그런 시간의 벽을 넘어서 금방 친해질 수 있는 사이라고 아빠는 생각했다.

하지만 현명이 생각은 달랐다. 형만 보면 주눅이 들고, 말이 줄어들고, 어깨가 움츠러들었다. 왜 그런지 현명이도 모를 일이었다. 교장 선생님을 만나도, 대통령을 만나도 절대 기죽지 않을 현명이었지만 현재 앞에서는 한없이 작아지기만 했다. 이번 기회에 그런 둘 사이의 벽을 깰 수 있을까? 현명이는 밥을 한 숟가락 입속에 욱여넣으며 상상해 보았다. 현재 형과 친해지는 이현명의 모습? 현명이에게는 전혀 상상이 되지 않는 그림이었다.

어느 날 갑자기 마음에 들어온 아름이

대학교 여름방학에 맞춰 현재가 집으로 온다는 소식을 들은 날부터 현명이는 어쩐지 기가 죽었다. 그리고 현재 형이 하고 싶은 말이라는 게 뭔지 궁금하면서도 걱정스러웠다. 일주일 뒤면 형이 온다니 그때부터는 지금처럼 즐겁게 지낼 수 없을 것만 같았다.

“너 왜 이렇게 풀이 죽었냐?”

하굣길에 준오가 물었다.

“풀이 죽긴 뭘. 아무렇지도 않은데?”

말은 그렇게 했지만 표정마저 숨길 수는 없었다.

“이현명, 나를 속이냐? 이 절친 박준오를?”

“왜왜? 현명이가 왜? 나는 잘 모르겠는데.”

준오의 말에 성태가 고개를 갸웃하면서 현명이를 쳐다봤다.

"고민은 나눠야 반이 되는 거야."

준오가 짐짓 의젓하게 말했다.

"맞아. 콩 한 쪽도 나눠먹으라는 속담도 있지."

"오성태, 그게 지금 이 상황에 어울리는 말이라고 생각하냐?"

준오가 성태를 보며 혀를 끌끌 찼다.

"왜? 고민도 나누면 반이 된다는 거랑 뭐가 달라. 어쨌든 고민이나 털어 놔, 이현명."

현명이는 하늘이 무너져라 한숨을 푹 내쉬었다.

"나도 내가 왜 이러는지 모르겠어."

준오와 성태가 현명이를 동시에 쳐다보았다.

"그냥 내가 좀 바보 같아."

"참, 이상한 일이네. 천하의 이현명이 무슨 고민 때문에 이러는 걸까?"

준오가 고개를 갸웃거리며 말했다.

"내가 좀 바보 같고, 내가 나 같지 않고, 좀 기분이 이상해. 난 원래 다른 사람이랑 날 비교하지 않거든."

"그건 맞지."

성태가 고개를 크게 끄덕이며 동의했다.

"그런데 우리 형하고는 자꾸 비교가 되고, 비교하기 시작하면 내가 너무 초라하고 바보 같아."

현명이의 뜻밖의 말에 준오와 성태는 입을 꾹 다물었다. 준오와 성태도 현재를 잘 알고 있었다. 사실 이 동네 사람들, 이 초등학교에 다니는 사람이라면 현재를 모를 수가 없다. 그만큼 현재는 학교와 동네의 자랑이었다. 그야말로 '엄친아'여서 누구나 현재에게 비교를 당하곤 했다. 그런데 동생인 현명이마저 그런 생각을 하고 있다는 건 상상도 못한 일이었다.

"형이 1주일 뒤에 집에 온대. 그리고 나한테 할 말이 있다는데 그게 뭔지 모르겠어. 형이 기다려지기도 하고, 안 왔으면 좋겠다는 생각도 들어. 나 되게 나쁘냐?"

준오와 성태는 머리가 떨어져라 고개를 세차게 가로저었다.

"무슨 소리야. 이 동네에서 현재 형한테 비교 안 당해 본 애들 없을걸? 누구나 현재 형이 대단해 보이고, 또 어렵지."

준오가 현명이의 어깨를 토닥이며 말했다.

"맞아. 현재 형한테는 누구나 그런 기분 느낄 거야. 더구나 너는 형제니까 더 그럴 수 있지. 그리고 서로 친해질 기회도 없었다며. 그냥 어색해서 그런 기분이 드는 거야. 방학 동안 같이 지내면 어색하고 어려운 기분은 싹 날아가."

성태의 말에 준오가 박수를 치며 말했다.

"얼~~ 오성태, 의외의 어른스러운 모습이네?"

성태가 헛기침을 하며 어깨를 쫙 폈다.

“성태 말이 맞아. 너무 오랜만에 보는 형이라 어색해서 그런 거지. 그리고 형이 너한테 하고 싶다는 말이 뭐 별거겠냐? 기운 내. 왜 걱정을 사서 하고 그래?”

준오가 현명이의 배를 장난삼아 주먹으로 퍽 쳤다.

“의기소침한 친구를 위로하지는 못할망정 폭력을 휘둘러?”

현명이가 웃음기 띤 얼굴로 준오에게 대항했다.

“그래서 뭐? 때리기라도 할 거냐?”

준오가 성태와 어깨동무를 하며 도망갈 자세를 취했다.

“내가 못 때릴 것 같냐?”

현명이가 몸을 날려 두 사람에게 덤벼들었다. 준오와 성태는 이때다 싶어 날쌔게 달리기 시작했다. 냅다 달려 나가는 준오와 성태를 보며 현명이는 책가방을 벗어 손에 들고 붕붕 돌리기 시작했다.

“책가방 핵주먹 맛 좀 봐라. 잡히기만 해 봐!”

현명이가 책가방을 붕붕 돌리며 아이들을 뒤쫓았다. 발이 어찌나 빠른지 준오와 성태를 금방 쫓아갔다.

“으아악, 사람 살려. 괴물이닷!”

준오와 성태가 소리를 지르며 학교 건물로 들어갔다. 현명이도 멈출 생각이 없었다. 아이들은 그렇게 쫓고 쫓기며 3반 교실까지 들어왔다. 구석에 몰린 준오와 성태는 슬금슬금 교실 구석으로 몸을 피했다. 현명이는 씨익 웃으면서 가방을 앞으로 척 멨다.

"흐흐흐, 이제 도망갈 곳이 없지? 이게 너희의 마지막이닷."

현명이가 공포 분위기를 조성하며 아이들에게 천천히 다가갔다. 준오와 성태는 가방을 아무 데나 벗어놓고 몸싸움을 준비했다. 세 아이 얼굴에는 장난기가 가득했다.

"흥, 오늘은 안 봐준다. 자, 간다~~!"

현명이가 준오와 성태에게 몸을 날리려는 순간, 뒤에서 낯선 목소리가 들려왔다.

"이거 네 거야?"

깜짝 놀란 현명이가 뒤를 돌아보았다. 아름이가 필통, 공책, 물통을 들고 서 있다. 현명이는 깜짝 놀랐다. 아름이라면 5학년 3반, 아니, 5학년 전체, 아니 이 초등학교 전체에서 젤 유명한 아이다. 공부는 잘하지만 말이 없고 도도한 아이. 친구가 단 한 명도 없는 아이. 아니, 친구가 없는 게 아니라 친구를 만들고 싶어 하지 않는 아이. 국제중학교 진학을 목표로 공부하는 딴 세상에 사는 아이 서아름. 같은 반이긴 하지만 현명이는 아름이와 대화를 나눠 본 적이 한 번도 없었다. 맨 앞자리에 앉아 공부만 하고 혼자 다니기 때문에 제대로 인사조차 건넨 적이 없었다. 이렇게 마주

보고 서 있었던 적도 물론 없었다. 근데 그 아름이가 왜 자신의 물건을 잔뜩 들고 앞에 서 있는지 현명이는 어리둥절했다. 그러다 문득 생각나는 게 있어 앞으로 멘 가방을 내려다보니 지퍼가 열려 있었다.

'아, 지퍼를 또 안 닫았네.'

가방을 붕붕 돌리며 놀다가 안에 들어 있던 물건이 다 떨어진 게 분명했다. 엄마가 그렇게 가방 지퍼 좀 닫고 다니라고 잔소리를 했는데, 결국 이런 일이 터지고 만 것이다. 대체 어디서부터 물건이 떨어진 건지, 아름이는 언제부터 세 사람의 모습을 본 건지 현명이는 왠지 부끄러운 생각이 들었다. 자신의 눈을 똑바로 쳐다보며 물건을 내밀고 있는 아름이를 마주 보자 현명이 가슴이 갑자기 방망이질치기 시작했다.

"어, 어, 그래. 그거 내, 내 거야."

현명이가 말을 더듬으며 아름이가 내민 물건을 받아들었다.

"그렇게 책가방 휘두르면서 다니지 마. 물건 잊어버리고 잘못하면 사람이 다칠 수도 있잖아."

'잠깐만, 이게 아름이가 나한테 하는 소리인가?'

현명이는 고개를 흔들어 정신을 차리려 애썼다.

'어디서 천사의 목소리가 들리는데?'

현명이는 아름이를 쳐다보며 멍하니 입을 벌리고 있었다. 아

천…사?

름이는 고개를 홱 돌리더니 자기 자리로 돌아가 책을 꺼내 읽기 시작했다. 아름이의 그 모든 동작이 현명이에게 슬로모션처럼 느껴졌다. 아름이에게서 빛이 뿜어져 나오는 건 왜 그런 건지 모를 일이었다.

"야, 정신 차려, 이현명."

준오가 현명이 귀에 대고 작은 목소리로 말했다. 성태는 넋이 나간 현명이 얼굴을 보며 키득키득 웃기 시작했다. 현명이는 친구들이 뭐라 그러든 말든 아무 소리도 들리지 않았다. 이게 대체 무슨 기분인지 알 수가 없었다. 알 수 있는 건 아름이 뒷모습에서 계속 빛이 쏟아지고 있다는 것뿐. 현명이는 눈을 껌벅거리며 고개를 흔들었다. 그랬는데도 아름이에게서 쏟아지는 빛은 사라지지 않았다. 현명이의 심장이 마치 축구공에 맞은 것처럼 더 세차게 뛰기 시작했다.

내가 대체 왜 싫어?

그날 이후 현명이는 아름이의 일거수일투족을 살폈다. 사실 살피고 말 것도 없었다. 아름이가 학교에 와서 하는 일이라고는 공부밖에 없었으니 말이다. 화장실도 안 가는 것 같았다. 밥도 혼자 먹었고 공부도 혼자 했다. 가끔 옆에 앉은 송이와 말을 하긴 했지만 그것도 자주는 아니었다. 아주 짧은 대화만 무표정한 얼굴로 주고받을 뿐이었다. 다른 아이들도 아름이에겐 아예 말을 시키지 않았다. 워낙 눈에 띄는 아이라 학기 초에는 아름이에게 다가가는 친구들이 많았지만, 묻는 말에 고개만 끄덕이거나 단답형으로 대답하는 아름이 태도에 기분 나빠진 아이들은 더 이상 아름이에게 관심을 두지 않았다.

사실 현명이도 5학년 첫 등교 날, 제일 먼저 아름이가 눈에 들어왔다. 하지만 현명이는 틈만 나면 운동장으로 나가 뛰어노는 것밖에 몰랐고, 여자아이들한테는 워낙에 관심이 없었다. 게다가 뭘 물어봐도 대답도 안 한다며 아이들이 투덜대길래 더 이상 관심이 가지 않았다. 노는 것도 바빠 죽겠는데, 대답도 잘 안 하고 친구 만드는 데 관심도 없는 아름이한테 굳이 다가갈 이유가 없었다.

"아름이는 공부가 재밌나?"

현명이가 턱을 괴고 아름이의 뒷모습을 보며 혼잣말처럼 중얼거렸다.

"너 쉬는 시간에 운동장에 안 나간 게 아름이 때문이야?"

준오가 놀랍다는 듯이 물었다.

"뭔 소리야. 더워서 안 나간 거야."

현명이가 자세를 고쳐 앉으며 말했다.

"재 요즘 짝사랑 중이잖아. 우리는 안중에도 없다고."

쉬는 시간이라 3반에 놀러온 성태가 몸을 기울이며 준오에게 낮은 목소리로 속삭였다.

"짝사랑? 절대 아냐! 나도 이제 5학년이니까 공부 좀 해 봐야 하지 않나 싶어서 그러는 거야. 국제중학교 입학에 대해서도 좀 알아보고."

현명이의 말이 끝나자마자 준오와 성태가 웃기 시작했다. 아이들이 다 돌아볼 정도로 요란한 웃음이었다.

"뭐라고? 국제중학교? 아하하하하하."

"크크크크크크, 올해 들어본 말 중에 젤 웃기다. 푸하하하하."

"너희들 친구 무시하냐?"

현명이가 아이들 입을 막으며 말했다.

"이현명, 너 개그해? 공부의 기역 자도 모르는 애가 국제중학교라니. 아이고, 배야."

준오는 정말 웃긴지 배를 잡고 허리를 꺾어 가며 웃었다. 성태도 어깨를 들썩이며 웃어 댔다. 그때 현명이가 갑자기 자리에서 벌떡 일어났다. 그러고는 성큼성큼 아름이 자리로 다가갔다. 현명이의 갑작스런 행동에 준오와 성태가 웃음을 딱 멈추고 놀란 눈으로 현명이를 바라봤다.

"서아름, 안녕."

책을 읽고 있던 아름이가 고개를 들어 현명이를 보았다.

"너한테 뭐 물어볼 게 있는데 학교 끝나고 달달 떡볶이집에서 잠깐 얘기할 수 있어?"

아름이가 잠시 현명이를 바라보더니 입을 뗐다.

"아니."

그러고는 다시 책으로 시선을 돌렸다. 현명이를 지켜보던 준오와 성태의 볼이 빵빵하게 부풀면서 웃음으로 가득 찼다. 둘은

국어
국어

손으로 입을 막으며 필사적으로 웃음을 참았다. 얼굴이 빨개진 현명이가 자리로 돌아오자 준오와 성태는 참았던 웃음을 푸하 터뜨렸다.

"푸하하하하하."

"크크크크크크."

"그만 웃어라."

현명이가 입을 앙 다물며 경고를 했다.

"용기가 대단하다. 재는 아무하고도 안 놀아. 정신 차려."

준오가 웃음을 멈추지 못하며 작게 말했다.

"치, 그런 게 어딨냐. 세상에 친구 없이 살 수 있는 사람은 없어. 혼자서는 살 수 없다고."

현명이가 진지하게 말했다.

"수업 끝나고 다시 물어볼 거야. 나 진짜 수학을잘하고 싶어서 그런 거란 말야."

현명이의 말이 끝나자마자 준오와 성태가 다시 웃음을 터뜨렸다.

"야, 그만 웃겨. 너 개그맨 시험 보면 당장 붙겠다. 수학을 잘하고 싶다니, 아하하하하하."

현명이가 입을 삐죽거렸다. 하긴 공부를 하겠다는 현명이 말을 믿을 사람은 세상 어디에도 없었다. 현명이는 친구들이 자신의 말을 믿거나 말거나 상관없었다. 지금은 그냥 아름이랑 친해지고 싶은 마음뿐이었다. 그리고 아름이가 궁금했다. 어째서 친구가 하나도 없는지, 공부가 정말 재밌는 건지, 그렇게 혼자 지내면 심심하지 않은지, 즐겁고 행복할 때가 있는지…. 궁금한 게 한두 가지가 아니었다.

아름이에 대한 관심과 궁금증은 현명이의 용기를 한없이 북돋았다. 그래서 친구들이 극구 말렸지만 수업이 모두 끝난 후에도 성큼성큼 아름이에게 다가갔다. 책가방을 챙기던 아름이가 현명이를 올려다보았다.

"서아름, 네가 푸는 수학 문제집 뭐야?"

준오와 성태는 웃음을 참지 못하고 교실 밖으로 뛰쳐나갔다. 아름이가 아무 말 없이 현명이를 올려보다가 다시 가방을 싸기 시작했다. 현명이는 땀이 삐질삐질 솟아났지만 내색하지 않고 당당하게 서 있었다. 가방을 다 싼 아름이가 일어서더니 현명이를 똑바로 쳐다보며 말했다.

"나한테 관심 꺼. 난 너한테 관심 없으니까."

교실에 남아 있던 애들이 키득키득 웃기 시작했다. 아름이는 그 말 한마디만 남기고 찬바람을 내뿜으며 교실을 나갔다. 아름이의 뒷모습을 바라보는 현명이 얼굴이 새빨갛게 달아올랐다.

"야, 너 갑자기 왜 아름이한테 관심 주고 그래? 아름이는 아무한테도 관심 없어."

"아, 너무 웃겨. 뒷북도 잘 친다, 이현명. 우리는 이미 학기 초에 다 당했는데."

"너 설마 아름이 좋아하는 거 아니지? 그런 거면 마음 접어. 걘 다른 세상에 사는 애야."

아이들이 저마다 한마디씩 말을 보탰다.

"그만, 그만, 그만!"

아이들의 말에 현명이가 귀를 막으며 소리쳤다. 깜짝 놀란 아이들이 입을 꾹 다물며 놀란 눈으로 현명이를 쳐다봤다. 숨을 씩씩 고르던 현명이가 마침내 입을 열었다.

"대체 내가 왜 싫어? 나 정도면 잘생기고 운동도 잘하고 멋있잖아? 대체 왜?"

현명이는 정말 억울한 듯이 하소연하는 말투로 아이들을 향해 물었다. 이게 무슨 말인가 싶어 잠시 어리둥절했던 아이들이 요란스럽게 웃음을 터뜨렸다.

"이현명, 너 어디 아픈 거 아니야?"

"크크크크크, 그런 왕자병이 싫은가 보지."

"역시 현명이는 개그맨 재능이 있어. 당장 시험 봐."

아이들은 뭐가 그렇게 웃긴지 웃음을 멈추지 못하고 저마다 한마디씩 던졌다. 현명이는 아이들이 뭐라고 그러거나 말거나 아무 소리도 들리지 않았다. 신경도 쓰이지 않았다. 다만 저렇게까지 차갑게 구는 아름이가 이해가 안 돼서 머리가 혼란스러울 뿐이었다.

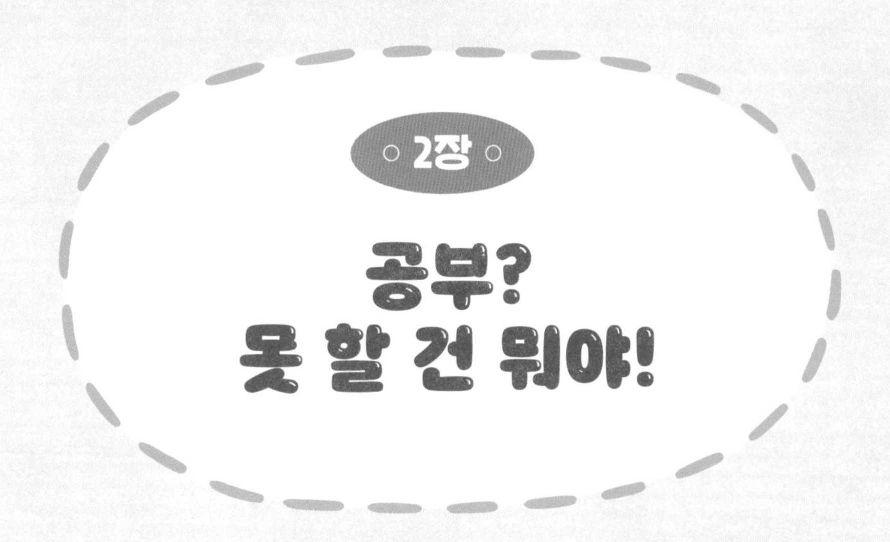

2장

공부? 못 할 건 뭐야!

아름이를 위한 공부, 스타트!

그날 이후 현명이는 교과서를 들춰 보기 시작했다. 학원 다녀오면 팽개쳐 두었던 학원 가방도 열어 학원 교재를 살펴보기도 했다. 제일 먼저 현명이의 변화를 눈치 챈 사람은 단연 엄마였다. 엄마는 처음에 꿈인가 싶었다. 하지만 며칠 뒤에도 현명이가 학원 교재를 들여다보는 걸 목격하고는 잘못 본 것도, 꿈도 아니란 걸 알았다.

"잠깐만, 지금 엄마 눈앞에서 수학 교재를 보고 있는 게 내 아들 이현명이 맞아?"

"엄마도 참, 쑥스럽게. 뭘 이런 일로 그렇게 감격을 해?"

현명이가 거드름을 피우며 별 것 아니라는 듯 말했다. 엄마는 책상 앞에 앉아 있는 현명이를 두 눈을 비비며 다시 보았다.

"꿈이 아니네. 진짜였어! 엄마가 살아생전 현명이가 공부하는 모습을 다 보고. 정말 감개무량하다. 작심삼일이라도 좋구나."

엄마가 눈물 훔치는 흉내를 내며 기뻐했다.

"엄마, 작심삼일 같은 일은 일어나지 않아. 나는 한다면 하는 사람인 거 엄마도 알잖아."

"그럼, 알지 알지. 너무 잘 알지. 그런데 무슨 심경의 변화로 공부를 시작한 거야?"

엄마가 정말 궁금하다는 얼굴로 물었다.

"아름이랑 친해지려고."

"아름이? 아름이가 누구야?"

"아, 우리 반 친구. 친구 아닌가? 어쨌든 걘 아무하고도 안 놀고 공부만 해. 그래서 내가 친구가 되어 주려고."

"너희 반 아름이? 혹시 서아름?"

엄마의 되물음에 현명이의 눈이 야구공만큼 동그래졌다.

"오잉? 엄마가 아름이를 어떻게 알아?"

"아, 맞다. 아름이가 너랑 같은 반이었지."

엄마는 고개를 끄덕이다가 갑자기 현명이를 째려봤다.

"근데! 네가 공부하려는 이유가 아름이 때문이라는 거야?"

"응, 왜? 뭐가 잘못됐어?"

현명이가 질문 자체를 이해 못하겠다는 듯이 되물었다. 엄마는 이마를 탁 쳤다. 그럼 그렇지. 현명이에게 미래 지향적인 이유가 있을 거라고 생각한 게 큰 착각이었다. 하지만 엄마는 곧 생각을 고쳐먹었다.

'아름이 때문에 공부를 시작하면 어때? 꼭 근사한 목표와 계획이 있어야 하는 건 아니잖아? 동기야 어쨌든 결과가 중요한 거지. 그리고 아름이는 공부밖에 모르는 애니까 둘이 만약 친해진다면 현명이한테는 너무 큰 행운이지.'

눈동자를 요리조리 굴리며 생각에 잠긴 엄마를 보던 현명이가 엄마 얼굴 앞에 손바닥을 대고 휘휘 저었다.

"엄마, 엄마? 너무 충격을 받아서 몸이 굳어 버린 거야?"

엄마는 씨익 웃으며 대견한 듯 현명이를 보았다.

"우리 현명이, 역시 한다면 하지. 누구 때문에 공부를 시작하든 중요한 건 현명이가 어떻게 해나가느냐니까."

"엄마, 내 질문엔 왜 답을 안 해? 엄마가 아름이를 어떻게 아냐니까?"

"아! 아름이 엄마가 이모 절친이야. 엄마랑도 친해서 여행도 같이 많이 다녔어. 그리고 우리 집이랑 가까운 데 살아. 2동에 살거든. 지금도 가끔 만나."

"맙소사, 엄마! 그걸 왜 지금 말하는 거야?"

현명이가 자리에서 벌떡 일어나며 아쉽다는 듯이 말했다.

"학기 초에 말했는데, 네가 신경도 안 썼잖아."

현명이는 한숨을 푹 쉬며 자리에 털썩 앉았다. 그때 엄마 말에 귀를 기울였다면 아름이랑 친해지는 게 이렇게 어렵진 않았을 텐데 말이다. 현명이는 자신의 귀를 탓하며 연필을 들고 다시 수학 교과서로 눈을 돌렸다.

공부를 하려고 마음을 먹긴 했지만 솔직히 현명이는 눈앞이 깜깜했다. 수학은 영어나 국어보다 조금 나았지만, 여전히 시험을 보면 연산에서 실수를 하곤 했다. 아는 것도 깜빡 실수로 틀려 버리니 공부 의욕은 점점 사라졌다. 하지만 이제 이런 실수도 용납해서는 안 된다! 아름이의 관심을 끌기 위해서는 공부밖에 없을 테니 말이다.

그런데 사실 현명이에게 수학만 문제는 아니었다. 국어와 영어는 더 처참했다. 영어는 너무 하기 싫어서 학원도 안 다니고, 국어는 책을 안 읽어서 그런지 이해하기가 쉽지 않았다. 물론 시험을 못 보는 정도까지는 아니었지만, 글을 쓰거나 문장을 파악하고 이해하는 면에서는 다른 아이들보다 한참 뒤지는 건 틀림없는 사실이었다.

현명이는 연필을 놓고 먼 하늘을 바라보며 생각에 잠겼다. 지금 자신을 도와줄 사람은 현재 형밖에 없었다. 현재 형이라면 자신의 고민을 말끔히 해결해 줄 수 있을 것이다. 현재 형이랑 친하지는 않지만 지금은 그게 문제가 아니었다.

'아름이는 왜 하필 공부를 잘할까? 정말 특이한 애야. 하지만 나도 한다면 하는 아이라고! 아름이한테 뭔가를 보여 줄 거야. 현재 형이라면 나의 슈퍼 히어로가 되어 줄 수 있겠지. 형, 빨리 와! 내가 기다리고 있어!'

현명이는 주먹을 불끈 쥐었다. 어색한 현재 형과 어떻게 같이 지내나 걱정했던 마음은 어느새 말끔히 씻겨 내려갔다.

형, 제발 나 좀 도와줘!

시간은 쏜살같이 흘러서 어느새 일주일이 지나고 현재 형이 오는 날이 찾아왔다. 그날 아침, 현명이는 설레는 마음으로 잠에서 깼다.

"엄마, 엄마, 엄마!"

거실로 뛰쳐나오며 호들갑 떠는 현명이 때문에 엄마는 아침밥을 준비하다 말고 귀를 막았다.

"현명아, 엄마 귀 안 먹었다. 또 무슨 일이야?"

아빠는 그런 현명이가 귀여운지 싱글벙글한 얼굴로 현명이를 바라봤다.

"엄마, 아빠, 안녕히 주무셨어요! 근데 현재 형 언제 와?"

"점심에 온대."

엄마가 다시 아침을 준비하며 말했다.

"아싸~!"

기뻐하는 현명이를 보며 아빠가 의아한 얼굴로 물었다.

"너랑 현재, 안 친한 거 아니었어?"

"당신도 참! 형제끼리 친하고 안 친하고가 어딨어요? 세상에서 가장 의지되는 사이가 형젠데."

"맞아, 아빠. 그런 말은 서운해."

현명이가 팔짱을 끼며 괜스레 진지하게 답했다.

"희한한 일이네. 아빠가 알기론 서로 어색해 하는 사이인 줄 알았는데."

"아닙니다. 저는 형을 존경합니다."

현명이의 말에 아빠가 웃음을 터뜨렸다.

"형을 사랑하는 동생의 모습을 보니 아빠 마음이 무척이나 흡족하구나."

아빠가 고개를 끄덕이며 만족스러운 미소를 지었다.

"사, 사랑까지는 아니고요…. 존경하는 형님입니다."

아빠는 얼굴 가득 웃음을 담고는 고개를 끄덕였다. 현명이는 오늘 학교가 끝나자마자 집으로 달려올 생각이었다. 축구고 친구고 지금 중요한 건 아름이었다. 현명이는 밥을 빛의 속도로 한 그릇 뚝딱 비우고, 학교를 향해 내달렸다.

'오늘은 아름이한테 무슨 말을 시켜 볼까?'

달리면서 그런 생각을 해보았지만, 당분간은 말을 시키지 않기로 마음먹었다. 공부를 열심히 하고 멋진 성과를 내면 아름이도 자신에게 관심을 주리라 믿었다. 첫 번째 목표는 수학 학원 시험에서 80점 이상을 받는 것이었다.

'80점 맞으면 그 시험지 아름이한테 선물로 줘야지. 그러면 아름이도 나를 다시 보게 될 거야.'

현명이는 생각만 해도 기분이 좋았다. 그날 현명이는 수업을 귀로 듣는지 코로 듣는지도 모를 만큼 붕 뜬 기분으로 학교를 마쳤다.

"박준오, 오성태! 오늘부터 방과후 운동은 없다. 우리 모두 이번 여름은 공부에 전념해 보자!"

현명이의 갑작스런 선언에 깜짝 놀란 준오와 성태 눈이 왕방울만큼 커졌다.

"준오야, 나 지금 환청을 듣고 있는 거야?"

"현명이 영혼이 현재 형이랑 바뀌었나 봐."

현명이는 지금 준오와 성태의 놀림을 받아 줄 시간이 없었다.

"그럼, 우리 내일 보자!"

현명이는 아이들에게 손을 흔든 뒤 등교할 때보다 더 빠르게 집을 향해 달렸다. 6개월 만에 보는 형이었다. 대학 합격 소식을 들은 날, 현명이는 형에게 축하한다고 소심하게 말했는데, 현재는 그런 현명이의 머리를 쓱쓱 쓰다듬는 것 말고는 별 말이 없었다. 오늘은 어떻게 인사를 건넬까 머리를 굴리면서 현명이는 집에 도착했다. 현관문 앞에 서자, 웬일인지 가슴이 두근거렸다.

집 안에 들어서자, 소파에 앉아서 텔레비전을 보고 있는 현재가 보였다. 막상 현재를 보니 예전처럼 어색한 기분이 물밀 듯이 밀려들었다.

"형…."

현명이가 가방을 내려놓으며 들릴 듯 말 듯한 목소리로 현재를 불렀다.

"어? 현명이 왔네?"

현재가 활짝 웃으며 현명이를 맞이했다.

"형, 안녕하세, 아니, 반가워, 아니, 잘 있었어?"

현명이가 더듬거리면서 가까이 다가오자, 현재가 웃음을 터뜨리며 현명이를 옆자리에 끌어 앉혔다. 그러고는 현명이 얼굴을 바라보다가 머리를 쓱쓱 헝클어뜨렸다.

"와, 우리 현명이. 이제 제법 고학년 티가 난다. 애기 같기만 했는데. 잘 있었어?"

현명이가 고개를 끄덕였다. 형 옆에 앉아 있으니 왠지 따뜻한 봄바람이 온몸을 감싸는 것 같았다.

"엄마 아빠한테 얘기는 많이 들었어. 축구를 엄청 잘한다며?"

"뭐, 조금…. 공부보단 잘해…."

"와, 멋있다, 이현명. 축구 잘하는 건 엄청난 재능이지."

"형은 공부를 잘하잖아."

"공부는 재능이라기보다 노력이지. 꾸준함이고."

"그게 더 어렵던데."

"하하하, 그래? 형은 축구가 더 어렵던데?"

두 사람이 서로를 보며 웃었다. 엄마 말이 맞는 것 같았다. 형제라서 그런가 어색하고 낯설고 어려운 기분은 금세 사라졌다.

"근데 형, 나한테 할 얘기가 있다는 건 뭐야?"

"너도 형한테 할 얘기가 있다고 들었는데? 너부터 얘기해 봐."

"아, 나는…. 공, 공부가 하고 싶어."

현재가 깜짝 놀란 표정으로 현명이를 바라보았다.

"어? 공부? 형이 하고 싶었던 말도 그거였는데?"

"와, 우리 통한 거야, 형?"

현명이가 목소리를 높이며 현재에게 바싹 다가앉았다.

"그러네 완전 통했네. 근데 공부를 하고 싶다고? 넌 공부에 1도 관심 없던 거 아니었어? 엄마가 걱정하시길래 난 그 얘길 너랑 하려고 했지."

현재 말에 현명이가 머뭇거리다 힘겹게 입을 뗐다.

“공부에 관심이 없었지. 난 축구로 유명해질 거니까. 근데 형, 내 인생에 위기가 닥쳤어!”

현명이 입에서 뭔가 재밌는 말이 나올 것 같은 기분에 현재가 웃음을 꾹 참으며 되물었다.

“열두 살 인생에 닥친 위기라…. 흠, 뭘까, 그게?”

“사실은…. 친구하고 싶은 여자애가 생겼어!”

현명이의 뜻밖의 말에 현재는 조금 놀랐지만, 곧 현명이의 진지한 얼굴을 보니 다시 웃음이 터져 나올 것 같았다. 하지만 진지한 현명이 앞에서 웃으면 안 될 것 같아 입술을 꽉 깨물었다.

“이름은 서아름인데 걔가 공부밖에 몰라. 하

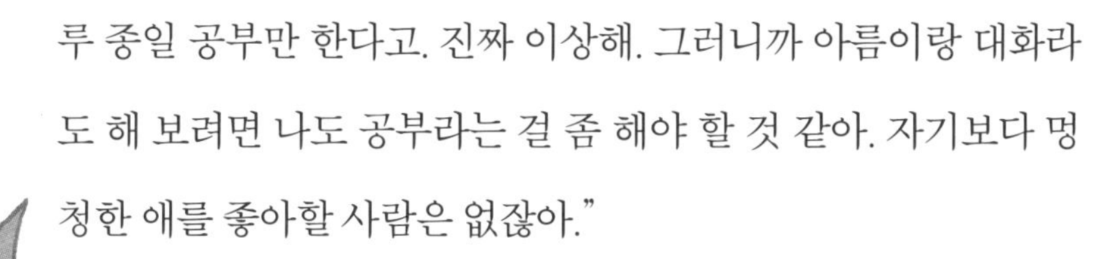

루 종일 공부만 한다고. 진짜 이상해. 그러니까 아름이랑 대화라도 해 보려면 나도 공부라는 걸 좀 해야 할 것 같아. 자기보다 멍청한 애를 좋아할 사람은 없잖아."

"아, 그래서 아름이 때문에 공부를 시작해 보겠다?"

현명이가 고개를 크게 끄덕였다. 현재는 터져 나오려는 웃음을 몇 번의 헛기침으로 간신히 삼킨 뒤 자리를 고쳐 앉았다.

"아주 훌륭한 계기다. 친구를 만들기 위해 공부를 한다니, 이렇게 훌륭한 이유가 어딨어. 좋아, 공부라면 형이 얼마든지 도와줄 수 있지!"

현명이 눈이 왕사탕처럼 동그래졌다.

"정말? 형은 방학인데 놀러 다녀야 하는 거 아냐?"

"그건 걱정 마. 형은 시간 짜기의 왕이니까."

현재가 어깨를 으쓱하며 장난스럽게 말했다. 현명이는 벌써부터 100점을 맞은 것처럼 마음이 들뜨고 어깨가 쫙 펴졌다. 현재 형이라면 믿고 따를 수 있었다.

"형, 그럼 진짜 나 도와줄 수 있어?"

현명이가 현재에게 다짐을 받으려고 다시 한번 물었다.

"그럼! 우리 현명이를 위해서라면 형은 못할 게 없지!"

현재는 그렇게 말한 뒤 손바닥을 쫙 펴 현명이 앞에 내밀었다. 현명이는 눈물이 핑 나올 뻔했다. 이렇게 든든한 형인데, 왜 지금까지 어색해하고 어려워했던 걸까 하는 후회가 밀려들었다. 현명이는 형이 내민 손바닥에 자신의 손바닥을 세게 맞부딪혔다.

"이현명 공부하기 프로젝트, 파이팅!"

현재가 큰 소리로 외쳤다. 현명이도 형을 따라 큰 소리로 외쳤다.

"이현명 공부하기 프로젝트, 파이팅!"

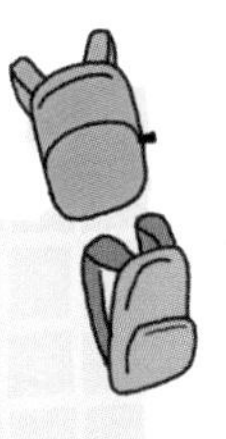

현명이와 현재,
환상의 짝꿍

다음 날부터 현명이는 저녁밥을 먹고 7시부터 현재 방에서 공부를 시작하기로 했다. 첫날이어서 그런지 괜히 가슴이 콩닥콩닥 뛰었다. 책상을 사이에 두고 현재와 마주앉은 현명이는 어쩐지 어제와 달리 형과 다시 어색한 사이가 된 것 같았다. 사실 그럴 만도 했다. 이렇게 현재와 마주앉아 본 적도 없고, 둘만 있어 본 적도 없었기 때문이다. 현명이가 머리를 긁적거리며 눈동자를 요리조리 굴리자 현명이의 마음을 읽기라도 한 것처럼 현재가 빙그레 웃으며 먼저 입을 열었다.

"그러고 보니 너랑 나랑 이렇게 단둘이 있어 본 적도 거의 없었던 것 같네."

현명이가 고개를 끄덕였다.

"그동안 미안했어, 현명아. 형인데 동생 하나 못 챙기고."

현명이가 깜짝 놀라 손을 휘휘 저으며 말했다.

"아냐, 형. 형은 공부하느라 바빴잖아. 난 노느라 바쁘고."

"하하하, 맞아. 우리 현명이는 노는 데 선수지."

형이 눈을 찡긋하며 현명이를 놀렸다. 형의 말에 시무룩해진 현명이가 고개를 푹 숙이며 답했다.

"맞아, 형. 그래서 공부를 하려고 해도 어디서부터 어떻게 해야 할지 모르겠어. 저번에도 수학 공부 좀 해 볼까 하고 교과서를 폈는데 뭐부터 해야 할지 몰라서 교과서만 30분 동안 노려보고 있었어."

현재가 커다랗게 웃음을 터뜨리고는 현명이의 머리를 쓱쓱 쓰다듬었다.

"공부하겠다는 마음을 먹은 것부터가 시작이야. 시작은 누구나 어려워. 중간에도 수많은 어려움이 있을 테고. 그래서 하는 말인데, 아무리 형이 공부를 가르쳐 준다 해도 처음부터 성적이 쑥쑥 올라갈 거라는 기대는 하지 마."

"오잉? 형이 가르쳐주는데 성적인 쑥쑥 안 오른다고?"

"공부는 그렇게 만만하지 않아. 며칠 공부했다고 성적이 오르면 세상에 공부 못하는 사람이 없게? 공부는 꾸준함이야. 꾸준하고 묵묵하게 해야 성적이 오르고 길이 보이는 거야."

현재 말에 현명이가 한숨을 푹 내쉬었다.

“난 하루가 급한데. 아름이한테 빨리 100점짜리 수학 시험지 보여 주고 싶단 말야.”

현재가 현명이 볼을 살짝 꼬집으며 말했다.

“꿈 깨라, 이현명. 근데 이거 하난 형이 약속할 수 있어.”

“그게 뭔데?”

“형과 공부하는 순간, 성적이 빨리 올라가진 않아도 한 번도 떨어지진 않을 거야. 이건 자신 있게 약속할 수 있어!”

“와, 진짜지 형?”

현재가 크게 머리를 끄덕였다. 현명이가 자리를 고쳐 앉으며 기대에 부푼 얼굴로 현재를 바라보자, 현재는 서랍에서 공책 한 권을 꺼냈다. 파란 파도 위에서 서핑을 하고 있는 아이가 그려진 표지였다. 아이 뒤에는 커다란 파도가 몰려오고 있었다.

“그게 뭐야, 형?”

“오늘부터 네가 쓰게 될 플래너.”

“플래너?”

현명이가 공책을 한 장 한 장 넘기며 살펴보았다. 날짜별로 칸이 나누어진 스프링 공책이었다.

“이 플래너에 매일매일 현명이가 할 공부 범위와 목표를 쓰는 거야. 물론 친구와 약속이 있다거나 가족들과 여행을 떠날 때도 쓸 수 있어. 이 공책은 한마디로 너의 하루를 관리해 주는 스케줄 노트라고 생각하면 돼."

"형, 공부하는 것도 힘든데 꼭 이런 걸 써야 돼?"

"응, 꼭 써야 돼. 이걸 써야 너 스스로한테 약속을 하게 되거든. 약속을 안 지키면 기분이 찝찝하잖아. 플래너가 바로 그런 너의 약속 상대야. 그리고 이걸 쓰면 하루가 체계적으로 정리되면서 괜히 시간을 낭비하지 않게 돼."

"형도 썼어?"

"물론이지."

현재가 자리에서 일어나 책장을 휘 둘러보더니 맨 아래 칸에서 두꺼운 공책을 꺼냈다.

"형이 중학교 때 썼던 플래너야."

현명이는 공책을 냉큼 받아 넘겨보았다. 정말 하루도 빼먹지 않고 그날의 공부 계획과 개인 스케줄이 빼곡하게 적혀 있었다.

"플래너는 구체적으로 쓰면 더 좋아. 그래야 내가 오늘 할 일과 공부가 선명하게 보이니까. 자, 여길 봐."

현명이는 입을 쩍 벌린 채로 현재가 가리킨 곳을 보았다.

"이게 뭐야? 그냥 수학 숙제 26~34쪽 하기 이렇게 쓰면 될걸, 왜 이렇게 쓴 거야? 수학 숙제 26~28쪽, 수학 숙제 29~31쪽, 수학 숙제 32~34쪽? 형, 이거 쓸 때 심심했어?"

현명이의 엉뚱한 말에 현재가 미소를 짓고는 설명을 시작했다.

"심심해서가 아니라 공부의 효율성을 높이기 위한 형만의 시크릿 포인트야."

"이렇게 잘게 나눠서 계획을 쓰는 게 효율성이 높아진다고? 오히려 시간 낭비 아냐?"

"플래너를 쓰는 중요한 목적 중 하나가 뭘까?"

"계획적으로 생활하기?"

"물론 그런 목적도 있지. 하지만 더 중요한 건 작은 성취 경험을 통해 공부에 대한 자신감과 효율성을 높이자는 거야. 그렇기 때문에 그냥 '수학 숙제하기'라고 쓰는 것보다 '수학 유형 1~3 풀기, 유형 4~6 풀기, 유형 7~9 풀기' 이런 식으로 2~3개 정도로 단위를 나누어 적는 게 과제 하나를 끝내는 데 좀 더 쉽게 느껴져."

현명이가 진리를 깨달았다는 듯 눈을 크게 뜨며 "아하!" 하며 탄성을 질렀다.

"그러니까 목표를 낮게 여러 개를 잡아서 부담 없이 계획을 지키자는 거구나."

"역시 하나를 가르쳐 주면 열 개를 안다니까."

현재가 대견한 듯 현명이를 칭찬했다.

"플래너는 시간을 정해 놓고 하루에 한 번씩 쓰면 돼. 그럼 지금부터 수업 방식에 대해 이야기할게."

45분 수업
10분 휴식

현명이가 침을 꼴딱 삼켰다. 스스로 공부를 시작하겠다고 선언을 하긴 했지만, 어쩐지 긴장되고 걱정스럽기도 했다.

"수업은 영어, 수학, 국어 이렇게 세 과목으로 진행할 거야. 한 과목당 45분씩, 그리고 휴식 시간은 10분."

"애개?"

현명이는 조금 실망스러웠다. 한번에 서너 시간은 앉아서 공부해야 하는 거 아닌가 싶었다. 현명이 마음을 읽기라도 한 듯 현재가 씨익 웃으며 말했다.

"물론 수업 시간은 점점 늘릴 거야. 처음부터 너무 과식하면 체해. 현명이가 공부 습관을 들이고 하루 공부 양이 버겁지 않을 때 시간을 늘려갈 거니까 처음부터 무리할 생각하지 마. 그리고 공부하러 형 방에 들어올 때 핸드폰은 엄마한테 맡길 것."

"으엥?"

현명이가 눈을 동그랗게 뜨며 괴상한 소리를 질렀다.

"형, 그건 불가능해. 핸드폰과 나는 한 몸이라고. 없으면 불안하단 말야."

"그러니까 안 된다는 거야. 핸드폰을 하지 않더라도 눈앞에 보이면 궁금하고 생각이 빼앗기거든. 쉬는 시간에도 핸드폰은 안 돼."

"으~ 호랑이 선생님이다."

현명이가 고개를 축 늘어뜨렸다.

"어? 벌써부터 의지가 꺾인 거야, 이현명? 아름이는 지금도 공부하고 있을 텐데?"

현명이가 고개를 번쩍 들고 자세를 바로잡았다.

"아니, 아니, 아니! 난 한번 한다면 하는 사람이야! 절대 하기 싫지 않아! 내 공부 선언을 후회하지도 않아!"

"좋았어! 그런 자세라면 충분해! 초등학생한테 늦은 공부란 없어. 지금부터 해도 충분하니까 우리 열심히 해 보자!"

현재가 현명이 눈앞에 손바닥을 쭉 내밀었다. 현재는 아무래도 하이파이브 마니아인 것 같았다. 현명이는 현재 손바닥에 자신의 손바닥을 세게 맞부딪히며 소리쳤다.

"아름이를 위해! 그리고 나를 위해!"

현재가 목젖이 다 보이도록 크게 웃었다.

의대생이 알려 주는
이렇게 공부하면 나도 우등생!

플래너, 어떻게 쓸까?

1. 일정한 시간에 하루도 빼먹지 말고 쓸 것

플래너는 시간을 정해 놓고 일정한 시간에 쓰는 게 좋아. '나는 밤 10시에 쓸 거야, 나는 아침 8시에 쓸 거야.' 이런 식으로 시간을 정해 놓아야 해. 그래야 습관이 되거든. 습관 만들기가 얼마나 어려운지는 다들 알고 있지? 30분 일찍 일어나는 습관을 들이는 것도 너무 힘들잖아. 그러니 우리 몸이 본능적으로 생각 없이 그 일에 익숙해질 수 있도록 매일매일 똑같은 시간에 그 일을 해야 해. 그렇게 두세 달만 하다 보면 플래너를 안 쓰면 뭔가 허전하고 해야 할 일을 빼먹은 것 같은 기분이 들 거야. 그럼 플래너 쓰기가 습관이 됐다는 뜻이야.

2. 세분화해서 자세하게 쓸 것

'수학 학원 숙제하기, 영어 단어 20개 외우기, 수학 문제집 풀기.'

플래너를 쓰라고 하면 많은 학생이 이런 식으로 쓰더라고. 하지만 이렇게 두루뭉술하게 쓰는 것보다 계획을 잘게 나누어서 분량까지 구체적으로 쓰면 하나의 과제를 끝내는 데 부담감이 줄어들어. 생각해 봐. '수학 문제집 4~12페이지까지 풀기' 이렇게 쓰는 것보다 '수학 문제집 4~6페이지 풀기, 수학 문제집 7~9페이지 풀기, 수학 문제집 10~12페이지 풀기' 이렇게 세 페이지씩 세 번씩 나누어서 적는 게 좀 더 쉽게 느껴지잖아. 과제 하나를 끝내는 것보다 세 개를 끝내는 게 기분도 더 좋고 말이야. 여러 번의 성취감이 쌓이면 자신감도 더 커지거든. 영어 단어도 '아침 먹고 5개, 점심 먹고 5개, 저녁 먹고 5개, 자기 전에 5개' 이런 식으로 쪼개서 계획을 세우면 외워야 한다는 심리적 부담감이 훨씬 줄어들 거야.

형이 나의 라이벌이라니!

다음 날, 학원에서 돌아온 현명이는 엄마에게 입이 떡 벌어질 소식을 들었다.

"뭐라고, 엄마? 아름이랑 같이 공부를 한다고? 우리 집에서?"

엄마는 눈을 반짝거리며 현명이를 바라보았다. 현명이를 위한 깜짝 선물이니 현명이가 엄청 좋아할 거라고 기대했기 때문이다.

"안 돼! 그럼 나 공부 못하는 거 다 들통나잖아!"

현명이가 발을 동동 구르며 어쩔 줄 몰라 했다. 소파에 앉은 현재는 슬며시 웃기만 했다.

"사실인데 들통 좀 나면 어때?"

"엄마!"

"아름이도 이미 알고 있을걸?"

"뭘? 아름이가 뭘 아는데?"

"엄마가 너랑 아름이랑 같이 공부하면 어떠냐고 아름이 엄마한테 물어보면서 다 말했지. 공부보다 노는 데 모범생이라고."

"아, 엄마!"

현명이 얼굴이 붉으락푸르락 달아올랐다.

"왜 그렇게 부끄러워하는 거야? 얼굴까지 빨개져서는?"

엄마는 뭐가 재밌는지 웃음을 터뜨리며 즐거워했다. 현명이는 거실을 초조하게 돌아다니면서 한숨만 푹푹 내쉬었다.

"엄마가 너라면 그럴 시간에 화장실 가서 발이라도 닦겠다. 조금 있다 아름이 올 건데 발 냄새 나면 어쩌려고?"

엄마는 현명이 놀리는 데 재미가 들린 것 같았다. 덩달아 현재도 현명이를 바라보며 싱글벙글 웃기만 했다. 엄마 말이 떨어지기 무섭게 현명이는 후다닥 욕실로 들어가서 발가락 사이사이를 열심히 닦았다. 이렇게 발을 뽀득뽀득 소리 날 때까지 닦아 본 건 태어나서 처음일 것이다. 욕실에서 나온 현명이는 번뜩 생각난 듯 엄마에게 큰 소리로 물었다.

"근데 엄마! 아름이는 중학교 과정 공부한다고 소문이 쫙 났는데 왜 나랑 공부해? 수준이 하늘과 땅 차이잖아."

현명이는 어떻게 해서든 이 위기의 순간에서 벗어나려고 온갖 변명거리를 찾았다.

"아름이는 아름이가 하던 공부를 할 거야. 아름이한테 물어봤더니 하고 싶다고 해서 같이 하는 거야. 복습하는 셈치고 아는 것도 탄탄하게 다지고 싶대. 그리고 그런 걱정은 이현재 선생님이 할 테니까, 우리 이현명 학생은 공부할 준비나 꼼꼼히 하세요."

엄마는 그렇게 말하고는 콧노래를 부르며 주방으로 가서 복숭아를 깎기 시작했다. 현명이는 그런 엄마의 뒷모습을 보며 한숨을 푹 내쉬었다. 이제 도망갈 구멍은 없었다. 아름이에게 멋진 모습을 보여 주겠다고 마음먹은 것도 자신이고, 공부를 하겠다고 선언한 것도 자신이니까 이제 정면 돌파할 방법밖에 없었다.

'그래, 올 테면 와라. 나, 이현명 세상 무서울 것 없다!'

현명이가 이렇게 마음을 고쳐먹은 순간, 현관 벨이 울렸다.

"아름이 왔나 보네."

엄마가 빛보다 빠른 속도로 후다닥 달려 나가더니 문을 열어 주었다. 아름이와 아름이 엄마가 음료수 한 상자를 들고 거실로 들어왔다.

"어머, 수진아, 이런 건 왜 들고 와. 아름이만 와도 선물인데."

현명이는 눈동자를 도록도록 굴리며 거실 중앙에 우두커니 서 있었다. 이럴 땐 어떻게 해야 하는지 머릿속이 깜깜했다.

"우리 아름이가 너무 기대하더라고. 아름이도 의사 선생님 되는 게 꿈이잖아. 빨리 가자고 아름이가 졸랐어."

"우리가 영광이지. 같이 공부하게 돼서 기뻐, 아름아."

엄마 말에 아름이가 아무 말 없이 고개를 숙이며 인사를 했다. 소파에 앉아 있던 현재가 몸을 일으켜서 아름이와 아름이 엄마에게 인사를 건넸다.

"이모, 안녕하세요. 예전에 뵌 적이 있는 것 같은데, 오랜만에 뵙네요."

"어머, 현재구나. 너무 멋져졌다. 든직하겠어, 언니는."

"호호호, 그렇지, 뭐. 아름이는 현재 오빠 처음 보지?"

엄마가 아름이에게 현재를 소개했다. 그런데 이게 웬일일까! 현명이는 보았다. 아름이의 눈에 하트가 동동 떠다니는 것을! 눈에서 꿀이 떨어진다는 게 저런 걸 보고 그러는 거구나, 현명이는 속으로 생각했다. 자기를 바라볼 때의 눈빛과는 전혀 달랐다.

"오빠, 안녕하세요. 5학년 3반 서아름이에요. 같이 공부하게 돼서 너무 기뻐요."

말을 저렇게 잘하는 아이였나? 현명이는 또다시 생각했다. 처음 보는 아름이의 모습이었다.

"그리고…. 우리 현명이는 잘 알지?"

엄마가 어정쩡하게 서 있는 현명이를 아름이 앞으로 살짝 밀었다. 그러자 아름이가 현명이를 스윽 한번 보고는 손 인사를 짧게 한 뒤 다시 현재에게로 눈길을 돌렸다.

"근데 오빠는 키가 몇이에요?"

"글쎄…. 183쯤 되려나?"

아름이 눈에서 다시 한번 하트가 쏟아졌다.

"공부는 어디서 해요?"

아름이가 집 안을 두리번거리며 물었다.

"쉬지도 않고 바로 공부하려고? 역시 아름이

답네. 방은 저기."

엄마가 아름이를 데리고 현재 방으로 갔다. 현명이가 보기에 지금 이 순간 세상에서 제일 신난 사람은 엄마 같았다. 현명이는 엄마에게 딸이 새로 생긴 줄 알았다. 아름이가 온 이후로 현명이는 쳐다보지도 않고 아름이에게 온 신경을 쏟아붓는 게 어리둥절할 정도였다. 현명이는 입을 삐죽이며 아름이를 따라 현재 방으로 들어갔다. 어쩐지 상황이 불리하게 돌아가는 것 같았다.

현명이와 아름이는 긴 책상에 나란히 앉았다. 아름이는 현재 방을 이리저리 살펴보다가 책장에 가득 꽂힌 책을 보고는 눈을 반짝였다.

"오빠, 저 책 다 읽었어요?"

"음, 다는 아니고 4분의 3 정도는 읽은 것 같아."

"우와, 대단하다."

아름이는 자리에서 일어나 책장 앞으로 다가갔다. 책을 하나하나 살펴보던 아름이가 세계문학전집을 보더니 또다시 눈을 반짝이며 현재에게 시선을 돌렸다.

"오빠, 이 책 빌려 읽어도 돼요?"

"응? 네가 그 책을? 좀 어렵지 않아?"

"어렸을 때 어린이용으로 한 번씩 다 읽었던 책이라 괜찮아요."

"음…. 그럼, 오빠가 골라 주는 책을 읽자. 《허클베리 핀의 모험》《이상한 나라의 앨리스》 같은 책은 네가 읽어도 되니까."

"네, 좋아요!"

아름이가 박수를 치면서 활짝 웃었다. 현명이는 아름이가 저렇게 밝고 명랑한 아이라는 사실을 믿을 수가 없었다. 학교에서는 말 한마디 안 하는 아이가 저렇게 조잘조잘 잘 떠들고 잘 웃다니! 학교에 가서 이 사실을 말해도 아이들은 절대 믿지 않을 것이다. 하지만 학교에서 이 사실을 말할 수는 없다고 현명이는 생각했다. 친구들이 놀릴 생각을 하면 벌써부터 머리가 지끈지끈 아팠다. 아마 한 달 내내 온갖 질문 폭격과 놀림에 시달려야 할지도 몰랐다. 어떤 친구들은 자기도 같이 공부하자고 달려들지도 몰랐다. 그건 절대 안 된다! 현명이는 아름이랑 제일 친한 사이가 되고 싶었다. 그 누구도 끼어들어서는 안 된다!

아름이가 나비처럼 사뿐거리며 다시 책상에 앉았다. 현재도 맞은편 자리에 앉아 현명이와 아름이를 흐뭇하게 바라보았다.

"우선 너희들을 가르치게 돼서 기쁘다. 서로 도와주면서 공부하다 보면 공부가 훨씬 재밌고, 서로에게도 큰 자극이 될 거야. 근데 아름이는 지금 중학생 교과를 공부하고 있다고?"

"네, 중학교 3학년 수학을 공부하고 있어요. 1, 2학년 과정은 두 번 봤어요."

"뭐? 두 번?"

현명이가 벼락처럼 빽 소리를 질렀다. 아름이가 움찔 놀라며 얼굴을 살짝 찡그렸다.

"야, 너는 눈 뜨면 공부만 하냐?"

현명이가 어이가 없어서 대뜸 이렇게 투덜댔다. 아름이는 아무 대답도 없이 앞만 보고 있었다.

"아름이는 공부가 재밌어?"

현재가 조심스럽게 물었다. 아름이가 잠시 생각에 잠기더니 대답했다.

"재미있어서라기보다 해야 되니까 해요. 딱히 할 일도 없고."

"야, 재미도 없는 공부를 뭐하려고 그렇게 하고 있냐? 세상에 재밌는 게 얼마나 많은데!"

현명이가 또 큰 소리로 끼어들면서 이해할 수 없다는 듯 어깨를 으쓱했다.

"그러게. 왜 그렇게 하루 종일 공부만 하는 거야? 목표가 있어?"

현재가 다시 한번 아름이의 얼굴을 살피며 물었다.

"의사가 될 거예요. 의사 되려면 공부 잘해야 하잖아요."

아름이가 주저하지 않고 말했다. 현재는 고개를 끄덕이며 입을 꾹 다물었다. 뭔가 알고 있는 듯한 표정이었다.

"목표가 있는 건 좋은 거지. 그게 공부하는 데 큰 힘이 되니까."

현재가 말을 돌리며 분위기를 전환했다.

"자, 그럼 시작해 볼까? 공부 시간은 45분. 쉬는 시간은 10분. 현명이는 개념 먼저 공부할 거고, 아름이는 문제집을 풀 거야. 현명이는 기초, 아름이는 심화 학습이 되겠지. 아름이는 문제 풀다가 모르는 거 있으면 물어보고."

첫째 시간은 수학이었다. 현재는 수학 교과서를 펴고 현명이에게 가장 어려운 단원부터 물어보았다. 현명이는 '약분과 통분'이라고 말했다.

"개념은 개념대로 잡고, 개념이 잡힌 부분도 문제 풀이로 계속 다져 나가야 돼. 시험 때마다 연산에서 계속 실수가 나오는 건 문제 풀이에 익숙하지 않기 때문이야."

현명이는 고개를 끄덕였다. 아름이 앞에서 이런 말을 듣는 게 좀 창피하긴 했지만 이왕 이렇게 된 거 현명이는 그냥 앞만 보고 달리기로 했다.

'혹시 모르지. 아름이가 공부하는 내 모습에 반할지도. 후훗.'

현명이는 교과서를 펴며 흐뭇한 미소를 지으며 아름이를 바라보았다. 그런데 이게 무슨 일인가! 아름이는 현명이를 쳐다보기는커녕 턱을 괴고 현재만 바라보고 있었다. 아까 보았던 하트가 더 커져 있었다. 현명이는 눈을 몇 번 깜빡이고는 눈앞에서 벌어진 상황을 다시 보았다. 다시 봐도 아름이 눈 속에는 현재와 하트만 있었다. 현명이는 머리를 쥐어뜯었다. 형이 내 라이벌이 될 줄이야! 이게 도대체 무슨 날벼락인가!

"이현명, 교과서 펴. 왜 머리는 쥐어뜯고 그래."

현재가 책상을 똑똑 두드리며 말했다. 현명이는 콧바람을 내뿜으며 교과서를 폈다. 현명이 뜻대로 되는 건 하나도 없었다. 눈앞이 깜깜했지만 할 일은 해야 했다. 한번 뱉은 말은 반드시 지킨다는 게 현명이 신조니까 말이다!

그깟 영어 단어가 뭐라고!

공부를 시작한 이후로 현명이는 수학 학원과 축구 교실 빼고는 친구들과 노는 시간도 점차 줄여갔다. 현재가 준 플래너에 밤 10시마다 다음 날 할 일을 자세히 적기 시작하면서 시간을 관리하는 데 정말 큰 도움을 받았다. 머릿속으로만 생각하는 게 아니라 직접 손으로 계획을 쓰니 어쩐지 꼭 지켜야만 한다는 의무감이 생기기도 했다.

현명이는 우선 아침 운동은 그만하기로 했다. 운동은 축구 교실에서 하는 것만으로도 충분했고, 아침부터 너무 뛰어놀고 나면 수업 시간에 집중하기가 어려웠기 때문이다.

"이현명, 우리 우정은 이렇게 식어 가는 거야?"

준오가 장난스럽게 울상을 지으며 말했지만 준오나 성태 모두 현명이가 공부를 시작하겠다고 했을 때 박수를 치며 격려해 주었다.

"내가 공부에 어느 정도 익숙해지면 그때 다시 아침 운동 시작하자. 그래도 우리 우정은 변함 없는 거지?"

현명이 말에 준오와 성태가 현명이와 어깨동무를 하며 한마디씩 했다.

"좀 서운하긴 하지만 친구가 공부한다는데 우리가 도와야지."

"맞아. 우리도 이번 기회에 공부에 재미 좀 붙여 보자."

현명이는 친구들 응원에 힘을 얻었다. 아침 운동을 안 하는 대신 현명이는 그 시간에 영어 단어를 5개씩 외우기로 했다. 처음에는 10개씩 외우고 싶었는데, 현재가 처음부터 무리하면 금방 지친다면서 반드시 지킬 수 있는 개수를 정하라고 했고, 현명이는 5개라면 충분히 가능할 것 같아서 그렇게 시작한 것이다.

영어 단어를 처음 외워 보는 현명이는 처음에는 외우면 잊어버리고 또 외우면 잊어버려서 외울 맛이 안 났다. 잠자고 일어나서 다시 보면 언제 이 단어를 외웠나 싶은 처음 보는 단어가 현명이를 빤히 바라보고 있었다.

"형, 난 왜 이렇게 illegal이라는 단어가 안 외워질까? 이거 그제부터 외운 건데, 오늘 또 잊어 버렸어. 난 진짜 돌머린가 봐."

"형도 영단어 수없이 잊어버리면서 공부했어."

"라이어! 거짓말하지 마, 형! 지금 나 위로하려고 그러는 거지?"

현명이가 입을 삐죽거리며 버럭 소리를 질렀다.

"진짜라니까! 아마 아름이도 잊어버려 가면서 공부할걸?"

"아름이가? 말도 안 돼!"

"사람들은 누구나 다 그래. 우리나라 말도 아니잖아. 우리 머리는 기억하는 데 한계가 있다고."

현재 말을 들으니 조금 위로가 됐다. 자신의 머리가 나빠서 그렇다고 생각했는데 공부 천재 현재와 아름이도 그렇다는 말을 들으니 왠지 마음이 놓였지만, 그래도 의심은 가시지 않았다.

"현명아, 공부는 한순간에 되는 게 아니야. 꾸준히 해야 돼. 그것밖에 방법이 없어. 공부에는 지름길이 없다! 알았지?"

현재는 현명이가 영어 단어 때문에 머리카락을 쥐어뜯을 때마다 누구나 그런 과정을 겪는다며 별것 아니라는 듯이 반응했다.

'머리 좋은 애들은 금방 외울걸? 누구나 나 같다는 건 말도 안 돼.'

현명이는 현재 말을 믿지 않았다. 괜히 포기하지 못하게 하려고 그런 말을 한다고 생각했다. 하지만 현재가 빈말을 할 사람은 아니었다. 그래서 현명이는 아름이에게 직접 확인해 보기로 했다.

다음 날 공부방에서 현명이는 아름이 눈치를 보다가 용기를 내서 물어보았다.

"아름아, 나 물어볼 거 있는데 대답해 줄 거야?"

아름이는 《지킬 박사와 하이드》라는 책에서 눈도 들지 않고 보일 듯 말 듯 고개만 끄덕였다.

"너도 영어 단어 잘 잊어버려?"

질문을 하자마자 아름이가 고개를 들고 현명이를 쳐다보았다. '넌 그 짧은 영어 단어도 잊어 버리냐, 이 멍충아!'라고 말할 것 같아 현명이가 어깨를 움츠렸다. 하지만 돌아온 대답은 뜻밖이었다.

"당연히 잘 잊어버리지. 영어는 하루만 안 해도 잊어버려. 우리나라 말이 아니잖아. 그러니까 매일 하는 방법밖에 없어."

"너도? 너도 어제 외운 단어 잊어버린다고?"

"그럼 나라고 뭐 다를까 봐? 나도 사람이거든!"

아름이가 톡 쏘아붙였다. 그래 놓고는 미안했는지 다시 입을 열었다.

"너무 안 외워지는 단어는 '나만의 영단어 암기 노트'를 따로 만들어 봐."

"노트를 또 만들어? 노트에 깔려 죽겠다."

현명이가 투덜거렸지만 아름이는 개의치 않고 말했다.

"누구나 자꾸 잊어버리고 안 외워지는 단어가 있어. 그 단어들만 따로 정리하는 노트를 만들고, 그 노트에 적힌 단어만 공부하는 시간을 10분쯤 더 갖는 거야. 그렇게 계속 외우다 보면 결국 네가 이겨. 그깟 영어 단어가 뭐라고!"

'그깟 영어 단어가 뭐라고!' 이 말이 현명이의 기운을 북돋았다.

'맞아, 그깟 영어 단어가 뭐라고! 누가 이기나 해보자. 외워질 때까지 외우다 보면 지가 어쩔 건데!'

갑자기 자신감이 솟아오른 현명이가 쥐고 있던 연필에 힘을 주면서 기를 불어넣었다.

"쿠오오오오오오~ 그래, 누가 이기나 해보자!"

연필을 힘껏 쥐고 부들부들 떨고 있는 현명이를 보면서 아름이는 고개를 돌리고 픕 웃었다. 정말 저런 괴짜는 처음이었다.

3장

중학교 공부를 위한 초등학교 공부는 이렇게

국어 공부는 독서가 시작이다

현명이가 공부를 시작하고 일주일이 지났을까? 현재가 '국어, 영어, 수학'이라고 쓰인 스프링 공책을 아름이와 현명이에게 나눠주었다.

"자, 이렇게 하면 너희들 개인 공책이 플래너까지 합해서 4권이 되는 거지?"

"으악, 너무 많은 거 아냐, 형? 이걸 다 어떻게 관리해?"

"공부는 스스로 하는 게 중요해. 학교나 학원 선생님이 아무리 잘 가르쳐 줘도 그건 너희 것이 아냐. 내 것으로 만들어야 그게 진짜 내 공부가 되는 거야."

현명이가 공책을 이리저리 살펴보며 물었다.

"이 노트로 뭘 어떻게 하는데?"

아름이도 궁금한 표정으로 현재를 쳐다봤다.

"우선 국어부터 보자. 아름이는 국어 공부 어떻게 해?"

"음, 전 국어 공부는 따로 안 해요. 그냥 책을 많이 읽어요. 일주일에 세 권 정도?"

"와, 넌 눈만 뜨면 책 읽고 공부하는구나. 진짜 재미없게 산다."

현명이가 고개를 절레절레 흔들며 말했다.

"아름이는 책이 재밌나 보지. 네가 축구가 재밌는 것처럼."

현재의 말에 아름이가 고개를 크게 끄덕였다.

"네, 맞아요. 전 책이 재밌어요. 제가 가보지 못한 곳, 경험해보지 못한 일까지 간접 경험할 수 있잖아요."

"맞아, 그게 책 읽는 재미지. 근데 그렇게 읽기만 하는 것보다 그 책에 대한 감상이나 느낌을 짧게라도 정리하면 좋아. 길게 쓸 필요 없어. 독서 일기라고 생각하면 되니까."

현재의 설명에 아름이가 고개를 끄덕였다.

"그것도 좋은 방법이네요."

"책을 혼자서 고르고 읽고 쓰는 게 어려우면 부모님이나 학원 선생님 도움을 받는 것도 좋은 방법이야."

현재가 현명이를 바라보며 말했다.

"나 학원 다니라고?"

"아니, 아직은 아냐. 현명이는 우선 기초 공사를 해야 돼. 새로운 것을 집어넣을 수 있는 바탕을 만들어야 된다는 뜻이지. 현명이는 형이랑 책부터 읽자."

"그럼 난 이 국어 노트에 뭘 써?"

"역시 똑같은 독서 일기를 쓰면 돼. 단 세 줄이라도."

"근데, 형. 학습 만화책도 책이니까 그런 책 읽어도 되지?"

"안 될 건 없지만 너무 그런 책만 읽으면 독서 편식이 생겨서 곤란해."

현명이가 한숨을 푸욱 내쉬었다.

"음식 편식도 안 되고 책 편식도 안 되고. 휴, 머리 아파."

"말 잘 꺼냈다. 음식을 편식하면 어떻게 돼? 균형 잡힌 신체를 가질 수 없잖아. 건강한 몸이 될 수 없지. 책도 마찬가지야. 너무 한 분야의 책만 읽다 보면 다

양한 지식을 쌓을 수 없어. 비슷한 정보만 받아들이게 되니까."

현명이가 머리를 움켜쥐며 고개를 떨구었다.

"책은 누가 만든 걸까…. 꿀밤 한 대 때리고 싶다."

현명이가 땅이 꺼져라 한숨을 쉬며 이렇게 말하자, 현재와 아름이가 동시에 웃음을 터뜨렸다.

"하하하, 현명아. 너 꼭 내일 지구가 멸망하는 것처럼 절망적으로 말한다?"

"휴, 하라는 건 많고 내 머리 용량은 요것밖에 안 되고 정말 절망적이라고, 형…."

"네 머리 용량이 어때서? 아름이보다 머리가 두 배는 큰데."

"형! 이러기야!"

현명이가 고개를 번쩍 들며 버럭 소리를 지르자 아름이가 아까보다 더 크게 웃었다. 현재가 웃음기 가득한 얼굴로 다시 차근차근 설명을 시작했다.

"독서를 공부라고 생각하면 안 돼. 그러면 정말 한 페이지도 넘기기가 힘들어. 더구나 너처럼 책 한 권 읽어 보지 않은 친구는 더 그렇지."

"격려하는 건지, 망신을 주는 건지…."

현명이가 작은 소리로 투덜거렸다.

"아름이 말처럼 독서는 내가 몰랐던 지식을 알게 되고, 내가 갈 수 없는 곳을 가게 되고, 수많은 사람들을 만나는 간접 경험의 세상이거든. 내가 풍요로워지는 일이라고 생각해 봐. 책은 세상의 수많은 지식과 정보가 가득한 지식 창고이잖아. 책 한 권을 다 읽고 나면 얼마나 뿌듯하고 기분이 좋은데!"

"골을 넣었을 때보다 기분이 좋아?"

"그 정도랑 맞먹을걸?"

현명이는 의심이 가득 담긴 눈으로 현재를 보았다.

"독서로 세상을 보는 시각과 생각이 달라지고, 전에는 알지 못했던 것을 알게 되는 기쁨은 경험해 본 사람만 알 수 있어. 안 그래, 아름아?"

"맞아요, 오빠. 그리고 그렇게 책을 읽다 보면 어느 순간 국어가 쉬워지는 것도 엄청난 소득이죠. 일거양득!"

"도랑 치고 가재 잡고."

"꿩 먹고 알 먹고."

현재와 아름이가 번갈아가며 속담 릴레이를 펼쳤다. 현명이는 저게 무슨 소리인가 싶어 두 사람의 얼굴만 번갈아 바라보았다.

"역시 아름이랑 나는 뭔가 통한단 말이지!"

현재가 아름이를 향해 손바닥을 쫙 펼치며 신이 나서 말했다. 아름이도 활짝 웃으며 현재 손바닥에 자신의 손바닥을 세게 맞부딪혔다. 현명이는 저 하이파이브가 정말 마음에 들지 않았다. 하이파이브를 할 때마다 아름이 눈에서 하트가 뿅뿅 튀어나오는 것도 정말 별로였다. 두 사람만 아는 뭔가가 있다는 것도 영 마음에 들지 않았다.

'책을 읽으면 저런 대화에 끼어들 수 있다는 거지? 좋아. 내일부터 독서다!'

의대생이 알려 주는
이렇게 공부하면 나도 우등생!

지식책과 문학책 골고루 읽기

책은 크게 '문학책'과 '지식책' 두 부류로 나눌 수 있어.

문학책: 동화, 소설 등 창작 분야의 책

지식책: 역사, 과학, 인물, 철학, 경제 등 전문 지식을 기반으로 한 책

지식책은 총 4단계로 분류할 수 있는데, 1단계는 그림책, 2단계는 학습만화, 3단계는 잡지, 4단계는 줄글책이야. 독서를 처음 시작한다면 1단계부터 밟아 나가면 돼. 처음부터 너무 어려운 책을 읽으면 흥미를 느끼기도 전에 지칠 수 있으니까 자기 수준에 맞는 책을 골라서 서두르지 말고 차근차근 수준을 높여 가는 게 중요해.

학습만화를 읽다가 바로 두꺼운 줄글책으로 넘어가려고 하면 지루하고 재미없게 느껴질 수 있어. 그럴 때에는 3단계인 '잡지'를 꼭 활용해 보면 좋단다. '시사 잡지', '과학 잡지' 등 잡지에도 다양한 종류가 있거든. 잡지에는 학습만화에서 볼 수 있었던 만화도 들어가 있고, 2~3쪽의 기사 형태로 전문 지식을 재미있게 다루고 있는 글도 있어서 학습만화와 줄글책의 중간 역할을 해줄 수 있단다. 그러니 학습만화만 읽지 말고 잡지도 꼭 읽어 보면 좋겠어.

그리고 많은 친구들이 문학책과 지식책 중 한 쪽으로 치우쳐서 독서하는 경향이 있더라고. 하지만 중고등학교 국어의 두 가지 중요 요소가 '문학책'과 '지식책'인 만큼 둘 다 번갈아가면서 골고루 읽는 게 중요해.

특히 자신이 싫어하는 분야의 책은 매주 한 번 꼭 읽는 습관을 들이는 게 좋아. 예를 들어 과학 분야의 책이 싫다면 매주 일요일은 '과학책 읽는 날'로 정하는 거지. 이런 식으로 독서 루틴을 만들어 놓으면 읽기 싫은 분야의 책도 나중에는 어렵지 않게 읽어 낼 수 있어.

독서와 중학교 국어 시험에는 세 가지 차이점이 있어. 독서는 시간제한도 없고, 문제를 풀지 않아도 되고, 모든 문장을 하나하나 천천히 읽어도 돼. 하지만 중학교 국어 시험은 그렇지 않지. 특히 모든 문장을 하나하나 천천히 읽고 있으면 시간이 부족할 수 있으니까 중요한 문장은 더욱 힘주어 읽고, 덜 중요한 문장은 빠르게 넘길 줄도 알아야 해. 이런 능력을 '독해력'이라고 불러. 독해력 향상을 위해서는 독서도 좋지만, 독해 문제집을 병행해서 풀어 보는 게 도움이 될 거야.

"문제는 수학이지?"

현재의 확신에 찬 말투에 현명이는 뜨끔했다. 수학에 워낙 자신이 없어서 딱 하나 다니고 있는 학원이 수학 학원인데, 실력은 도통 늘지를 않았다. 학원 선생님이 설명해 주면 다 이해가 되는데 며칠 뒤에 문제를 풀려고 하면 연필이 얼어붙었다. 수학만 생각하면 늘 자신이 없고 머리가 지끈거렸다.

"수학 만든 사람 얼굴 한번 보고 싶다."

현명이가 불만스러운 표정으로 투덜거리자 현재가 물었다.

"왜? 얼굴 보면 어쩌려고?"

"좀 따지려고. 대체 왜 수학 과목을 만들어서 수천, 수만 명의 아이들을 고통스럽게 만들었냐고!"

아름이가 어처구니없다는 표정으로 고개를 절레절레 저었다.

"안 그래, 형? 대체 수학을 왜 공부해야 하는 거야? 난 구구단도 할 줄 알고 덧셈, 뺄셈, 나누기, 곱하기도 할 줄 안다니까! 그것만 해도 사는 데 아무런 불편이 없다고!"

"덧셈, 뺄셈, 나누기, 곱하기도 맨날 실수하잖아."

현재의 말에 현명이 얼굴이 붉으락푸르락해졌다.

"형, 내 자존심을 이렇게 짓밟아도 되는 거야? 나도 인권이라는 게 있단 말야."

"형은 팩트를 말한 것뿐이야. 공부를 잘하려면 자기의 학업 수준을 정확히 아는 게 중요하니까."

현재가 어깨를 으쓱 하며 말을 이었다.

"사실 형도 그런 생각을 해 본 적이 있어. 대체 수학은 왜 공부하는 걸까 하고. 아름이는 어떻게 생각해?"

"그냥 해야 하니까 해요. 근데 논리적으로 생각하는 힘은 길러지는 것 같기도 해요."

"역시 아름이는 똑똑하다니까."

현재가 칭찬하자 아름이가 활짝 웃었다. 아름이 눈에서 하트가 다시 쏟아졌다.

"아름이 말이 맞아. 우리가 수학을 공부하는 이유는 단지 공부 잘하는 사람과 못하는 사람을 나누기 위해서가 아니야. 논리적이고 체계적인 사고방식을 배우고 향상시키기 위해 공부하는 거야. 수학을 공부하다 보면 생각하는 힘이 길러지거든. 수학은 하나의 답이 있고, 그 답이 나오기까지 과정을 차근차근 밟아 가면서 체계적으로 풀잖아. 그런 사고의 과정을 배우는 거지."

현명이는 현재 말을 반도 못 알아들었다. 무슨 소리인지 정확히는 모르겠지만 어쨌든 쉬운 과목은 아니라는 말인 것 같았다. 현명이는 휴우, 크게 한숨을 내쉬었다.

“물론 수학은 어려운 과목이야. 그래서 기초가 아주 중요해. 기초를 잘 다지려면 개념을 꽉 잡고 있어야 하는 거고. 그 개념을 잡기 위해서는 누가 가르쳐 준 것만 듣거나 선생님들한테 의지하는 공부를 하면 안 돼.”

“수학은 그게 참 이상해, 형. 학원에서 들을 때는 나도 다 알아듣고 이해한 것 같거든. 근데 집에 와서 문제집을 풀거나 시험을 보면 꼭 틀린단 말이지.”

“그게 바로 그 개념을 네 것으로 만들지 못했다는 증거야.”

“저는 선생님이 됐다고 생각하고 누군가에게 이 개념을 설명하는 방식으로 공부해요.”

“와, 오빠도 그런 방법을 썼어!”

"정말요? 와, 신기해!"

아름이가 두 손을 모으고 현재를 초롱초롱한 눈빛으로 쳐다봤다. 현재도 활짝 웃으며 아름이 앞에 또 손바닥을 갖다 댔다. 아름이가 신이 나서 현재와 손바닥을 마주쳤다. 현명이는 이제 저 하이파이브가 싫어질 지경이었다.

"아름이의 공부법이 정말 좋은 방법이야. 내가 완벽히 이해해야만 가르칠 수 있거든. 이렇게 공부하면 내가 모르는 것도 명확해지지. 현명이도 이 방법으로 수학 기초를 다져 보자."

"그럼 이 수학 노트는 어떻게 활용하는 건데?"

현명이가 괜히 뾰로통하게 물었다.

"개념을 정리하는 노트지. 단, 교과서나 참고서에 나온 걸 옮겨 쓰는 게 아니라, 내가 이해한 방식으로 내 말로 정리해서 쓰는 거야."

"와, 재밌겠다."

아름이가 박수를 치며 목소리를 높였다. 현명이는 어이가 없었다. 정말 개념 정리가 재미있을 거라고 생각해서 저러는 건가 싶었다. 코웃음이 나오려 했지만 콧구멍에 힘을 주고 꾹 참았다.

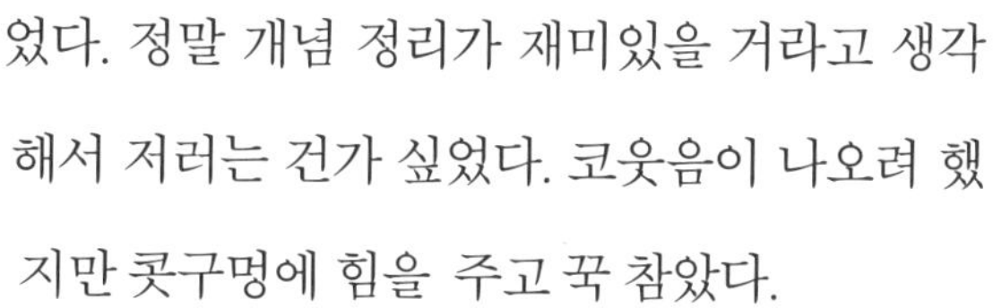

"그리고 문제집 풀기도 필수야."

"으~ 애증의 수학 문제집."

현명이가 고개를 절레절레 저었다.

"그래. 미운정이라도 붙여 보자, 현명아. 아름이는 심화 문제집만 풀면 될 것 같고, 현명이는 연산 문제집이랑 심화 문제집을 같이 풀면 되겠다."

"오빠, 저도 연산 문제집 같이 풀게요. 실수하면 안 되니까."

"캬아, 역시 공부하려는 이 자세, 너무 훌륭해."

현재가 엄지손가락을 치켜세우며 아름이를 칭찬했다. 그러자 아름이도 수줍게 웃으며 살짝 고개를 숙여 감사 인사를 했다. 현명이는 두 사람을 보면서 또 한번 속으로 코웃음을 쳤다. 둘이 사이좋게 대화 나누는 모습이 아주 못마땅했지만 그런 감정을 밖으로 내비칠 수는 없었다.

"현명이 문제집은 형이 골라줄 테니까 그 문제집을 하루도 빼먹지 말고 습관처럼 풀어야 해. 틀린 건 형이랑 다시 풀어 볼 거야. 알겠지?"

현명이가 고개를 끄덕였다. 눈앞이 깜깜했지만 이렇게 과목별로 정리를 하니 체계가 잡히는 것 같았다.

"근데 형, 솔직히 말해 줘. 정말 수학도 하면 실력이 늘어?"

현명이가 진지한 표정으로 물었다.

"진실을 말해 줄까?"

현명이가 침을 꼴깍 삼키며 고개를 끄덕였다.

"초중고등학교 공부는 하면 늘어. 이건 진짜 형이 장담해! 초중고등학교 교과 과정을 만든 분들은 그걸 다 염두에 두고 교과서를 만들고 시험 문제를 내. 수능도 마찬가지고. 그러니까 자기 자신에 대한 의심은 하지 말 것! 공부는 누구나 하면 늘어! 수학도 마찬가지야."

현재의 눈빛이 진지하게 빛났다. 그런 눈빛을 보니 거짓말은 아닐 거라고 현명이는 생각했다. 실력이 는다는 보장만 있으면 현명이도 공부를 안 할 이유가 없었다. 지금까지는 아무리 학원을 다녀도 실력이 안 늘어서 수학 공부에 재미를 못 붙였는데, 형이 저렇게 확신한다면 그 이유는 잘못된 공부법에 있다는 생각이 들었다.

'공부도 제대로 된 방법으로 해야 느는 것 같아. 난 지금껏 예습도 복습도 안 했으니 실력이 늘 리가 없지. 수학도 하는 만큼 실력이 느는 과목이라면 도전해 보겠어!'

의대생이 알려 주는
이렇게 공부하면 나도 우등생!

혼자 생각하는 수학이 실력을 가른다

아무리 열심히 공부해도 수학 성적이 늘 제자리걸음인 친구들이 많을 거야. 왜 일까? 수학 공부는 개념도 중요하지만, 어려운 심화 문제를 오랜 시간 고민해 보는 경험도 중요해. 심화 문제를 풀면서 다양한 풀이법을 고민해 봐야 수학적 사고력이 향상되거든. 선생님한테 의존하는 공부는 아무리 시간을 투자해도 실력이 되지 않아.

수학을 잘하는 비결이 궁금해? 어렵지 않아. 수학 개념 정확히 내 것으로 만들기, 진도에 맞는 심화 문제집 풀기, 그리고 실수를 줄이기 위해 연산 문제집도 함께 풀기. 이게 전부야.

수학 개념 노트를 마련해서 자기만의 방식으로 개념을 정리하는 것도 중요하지만, 심화 문제집도 함께 풀어야 해. 학원에서 심화 문제집을 풀더라도 학원과는 별개로 '혼자서' 심화 문제집 1권을 정해서 풀어 보는 게 좋아. 단, 아직 심화 문제집에 익숙하지 않다면 하루에 딱 세 문제만 푸는 걸로 계획을 세우자. 분량이 중요한 게 아니라 한 문제를 혼자서 고민해 보는 경험 자체가 중요하거든. 한 문제당 10분 정도는 고민해 보면서 다양한 풀이 방법을 시도해 보는 게 좋아.

답이 틀리더라도 일단은 풀어 보는 게 중요해. 지금은 실력을 다져가는 과정이니까 틀리는 것에 너무 큰 의미를 두지 않았으면 좋겠어. 한 문제당 10분 고민한 뒤 풀어보고, 그래도 모르겠으면 그때 답지를 참고해서 틀린 문제를 고치는 방식으로 문제집 한 권을 다 마쳐 보자. 그렇게 천천히 문제집 한 권을 다 풀고 나면 어느새 수학 문제에 대한 두려움도 사라지고 자신감이 붙을 거야.

초등학교 친구들 중에는 수학이라는 과목 자체보다 특정한 교과 과정에서 어려움을 겪는 친구들이 많아. 만약 어려운 부분이 있다면 그 부분을 집중적으로 연습해야 해. 도형이나 분수가 어렵다면 연습 교재로 공부해 보고, 풀이 과정을 쓰는 게 어렵다면 문장제 교재를 활용하면 도움이 될 거야. 부족한 부분이 있다면 나중으로 미루지 말고 꼭 따로 연습해서 실력을 채워 보자.

“이제 영어가 남았네.”

현재가 영어 노트를 펼치며 말했다.

“영어는 점수를 잘 받아야 하는 과목이라고 생각하면 잘할 수가 없어. 남의 나라 언어인데 그렇게 공부하면 얼마나 어렵고 지루하겠어. 영어는 생활이고, 하나의 세상을 알아가는 문이라고 생각해야 돼. 그래야 실력이 늘어. 성적을 올려야겠다고 생각하면서 공부하면 정말 재미없고, 성적도 잘 안 오르는게 영어야.”

“맞아요, 오빠. 저는 나중에 세계여행 갈 때 영어로 많은 사람들과 이야기하고 우리나라 문화도 알려주는 상상을 하면서 영어 공부를 해요. 그럼 진짜 영어를 더 잘하고 싶어져요.”

아름이가 신이 나서 말했다. 하긴 언젠가 아름이는 자신이 젤 좋아하는 과목은 영어라고 말한 적이 있다.

“넌 진짜 신기한 애다. 외계인 같아. 어떻게 영어가 재밌을 수 있지? 난 단어를 아무리 열심히 외워도 자꾸 잊어버리기만 하고 영어책도 보면 볼수록 어렵던데.”

“억지로 외워야 한다고 생각하니까 그렇지.”

현명이는 자기 귀를 의심했다. 지금 이 말은 현재 형의 목소리가 아니라 아름이 목소리가 아닌가. 아름이가 현명이 말에 대꾸를 한 건 처음이었다. 현명이는 귀를 후비며 아름이를 쳐다봤다. 다시 봐도 진짜 아름이가 한 말이었다. 현명이가 어리둥절해 하고 있을 때 아름이가 다시 말을 이었다.

"영화나 영어 원서로 책을 보면서 그 나라 문화와 사람들 생각을 하나하나 알아 간다고 생각해 봐. 그럼 새로운 세계가 열려."

현명이는 멍하니 아름이의 말을 들었다. 이게 실화인가?

"아름이 말이 맞아. 영어는 의사소통 수단이라고 생각하고 접근해야 돼. 일상 속에서 자꾸 쓰고 자주 들으면서 몸에 베어들도록 만드는 게 중요해."

"오빠, 저는 단편 소설을 영어 원서로 읽어요. 다 읽고 나서 번역된 책이랑 비교도 해 봐요."

현명이는 아름이가 신이 나서 종알거리는 모습을 보면서 아름이가 정말 영어를 좋아하는 것 같다는 생각을 했다. 평소와는 다르게 들뜬 아름이 모습이 낯설었다. 그런 아름이가 현명이는 정말 신기했다. 어떻게 저렇게 많은 공부를 꼬박꼬박 하는 걸까? 현명이한테는 시간이 24시간, 아름이한테는 48시간이 주어진 것 같았다.

"그것도 아주 좋은 방법이지. 현명이는 한글본을 먼저 읽고 그 다음에 번역본을 읽으면서 공부해 보자. 그러면 영어 원서가 너무 부담스럽게 느껴지지 않을 거야. 단어 공부는 하고 있지?"

현재가 현명이에게 대뜸 질문을 던졌다.

"하고는 있는데 자꾸 잊어버려."

현명이의 어깨가 축 처졌다.

"그건 다 그래. 아름이도 그럴걸?"

아름이가 고개를 크게 끄덕였다.

"한번 보고 다 외우는 사람은 없어. 반복만이 답이야. 너 저번에 형이 말한 '나만의 영단어 암기 노트' 만들었어?"

"만들었지. 어제도 열심히 외웠다고."

현명이가 아름이 들으라는 듯 큰 소리로 말했다.

"잘했어! 금요일에 영어 단어 시험 볼 거야."

"뭐라고? 영어 시험?"

깜짝 놀란 현명이 목소리가 얼마나 큰지 창문이 덜컹덜컹 흔들릴 정도였다.

"왜 그렇게 놀라. 공부 잘하고 있는지 확인하는 방법은 시험밖에 없잖아."

"아, 그건 그런데…. 아름이도 같이?"

"당연하지. 아름이도 우리 스터디 그룹인데!"

"망했네."

현명이가 머리를 책상에 떨구며 절망적으로 말했다.

"뭘 또 망하기까지 해. 어차피 아름이랑 너는 달라. 아름이도

영어
망했네.

네 수준 다 알고 시작한 거니까 창피하다고 생각하지 마."

"맞아요. 공부할 때는 좀 뻔뻔해져야 해요. 창피하다고 자꾸 숨고 숨기면 실력도 안 늘어요. 모르면 모른다고 하고, 알 때까지 끝까지 물고 늘어져야 해요."

아름이의 눈은 현재를 보고 있었지만 이건 분명 현명이에게 해 주고 싶은 말이었다. 아름이의 의도를 알아챈 현명이가 감격에 겨운 표정으로 고개를 번쩍 들었다.

'이제 아름이가 드디어 나한테 마음의 문을 연 건가? 나한테 저런 충고도 해 주고?'

하지만 아름이의 눈은 여전히 현재만 바라보고 있었다.

'아름이도 쑥스러워서 저러는 거야. 사실은 나한테 해주고 싶은 말이면서.'

현명이는 기분이 좋아져서 저도 모르게 미소를 지었다.

"아름이가 나보다 현명이를 더 잘 가르칠 것 같은데?"

"아, 그건 사양할게요."

아름이가 손을 휘휘 저으며 질색을 했다.

"야, 뭘 그렇게까지 싫어하냐? 옆에서 듣는 나 서운하게."

기분 좋았던 현명이가 서운해 하며 입을 삐죽거렸다.

"그게 아니라 내 공부도 바빠. 누굴 가르칠 실력도 안 되고."

아름이가 새초롬하게 말했다. 현명이는 심술이 났다. 조금 친해졌나 싶으면 아니고, 오늘은 조금 친해졌나 싶으면 꼭 저렇게 삐딱해지는 아름이었다. 현재가 서운해 하는 현명이 표정을 보고는 얼른 화제를 바꿨다.

"현명이는 영어 문제집은 풀지 않을 거야. 영어는 지루하고 어렵다는 생각에서 벗어날 때까지 한글 번역본과 영어 원서만 함께 읽을 거야. 그게 자리 잡으면 영어 일기 쓰기로 넘어갈 거고."

"내가 영어 일기를 쓴다고? 상상이 안 되는데……."

"왜 상상이 안 돼. 너도 당연히 할 수 있어!"

아름이가 대뜸 끼어들었다. 현명이는 자신의 귀를 또 한번 의심했다. 아까 새초롬하게 말하던 아름이가 맞나 싶었다.

"서아름, 뭐냐? 지금 나 응원해 준 거냐?"

현명이가 묻자, 아름이가 고개를 홱 돌리며 다시 공부하는 척을 했다. 아무래도 자기도 모르게 튀어나온 말 같았다.

"고맙다. 관심 가져 줘서."

현명이도 괜히 퉁명스럽게 말했다. 아름이는 고개를 푹 숙이고는 더 열심히 공부하는 척을 했다. 현명이의 입꼬리가 실룩실룩 움직였다. 그러고 보면 아름이도 마냥 차갑기만 한 아이는 아닌 것 같았다.

의대생이 알려 주는
이렇게 공부하면 나도 우등생!

영단어 외울 때는 다의어도 함께 외우자

영어 단어를 공부하다 보면 한 가지 단어인데 뜻이 여러 개인 단어를 보게 될 거야. 이걸 '다의어'라고 하는데, 이런 단어는 여러 개의 뜻을 모두 외우는 것이 좋아. 하나의 뜻만 외우면 해석할 때 어려움이 생기거든.

예를 들어 'general'이라는 단어는 형용사로 '일반적인', 명사로는 '장군'이라는 뜻이야. 그런데 이 두 가지 뜻을 외우지 않고 '장군'이라는 뜻만 외우면 'general hospital'이라는 단어를 보고 '장군 병원? 국군 병원이라는 뜻인가?'라고 오해하게 돼. general hospital은 일반 병원, 즉 특정한 과를 다루는 게 아닌 두루두루 여러 병을 다루는 '종합병원'이라는 뜻이야. 하나의 뜻만 외우면 실수할 수도 있지. 그리고 다의어를 암기할 때는 뜻만 암기하고 넘어가는 것보다, 실제로 그 단어가 문장 속에서 어떻게 사용이 되는지 '예문'을 함께 보면서 암기하는 게 더욱 도움이 될 거야.

다의어 예시: book(책, 예약하다), fire(불, 해고하다), mean(의미하다, 야비한, 못된, 심술궂은), stand(서다, 참다), turn(차례, 순번, 돌다)

그리고 남은 과목은?

"그럼 사회나 과학 공부는 따로 더 공부하지 않아도 돼요?"

아름이가 현재에게 질문을 던졌다.

"응. 다른 과목은 따로 노트를 만들면서 시간을 분배하진 않을 거야. 사회 과목은 다양한 관심사를 갖고 있는 게 중요하니까 시사 잡지를 구독해서 꾸준히 읽는 걸 추천해. 따로 읽는 시간을 낼 필요는 없고, 자투리 시간을 이용하면 돼. 밥 먹고 나서 잠시 쉴 때라든가 화장실에 갈 때 읽으면 좋지."

"아, 시사 잡지! 생각도 못했다."

아름이가 플래너를 펼쳐서 '시사 잡지 구독하기'라고 썼다.

"과학은 수업 시간에 집중해서 열심히 들어. 초등학교 때는 그렇게만 해도 충분해."

"학교 수업 들을 때 팁도 주세요."

아름이가 현재의 모든 말을 다 기억하겠다는 듯 눈을 반짝이며 다시 질문을 던졌다.

"포스트잇을 활용하는 방법이 있지."

"형이 했던 공부법 우리한테 다 알려 줘."

현명이는 사회와 과학 과목을 별로 좋아하지 않아서 형이 어떻게 이 과목을 공부했는지 무척 궁금했다.

"새로 배운 개념을 포스트잇에 써서 교과서 빈 부분에 요약해 두는 거야. 개념을 요약하다 보면 공부도 되고 나중에 시험 볼 때 그 부분만 다시 읽어도 큰 도움이 되거든."

"오, 좋은 방법이네요. 저는 단원평가 볼 때마다 교과서를 다 다시 읽어서 시간이 많이 걸렸거든요."

"맞아. 시험 기간에는 시간을 효율적으로 쓰는 게 엄청 중요하니까 내가 정리한 포스트잇 내용을 보면서 A4 용지에 그 개념들을 다시 한번 쭉 적고 그것을 나만의 문장으로 다시 써 보거나 말로 해 보면서 최종 점검하는 게 좋아."

"꿀팁!!"

현명이가 엄지손가락을 척 하고 추켜세웠다.

"항상 내가 직접 써 보고 말해 보는 게 좋은 거네."

현명이가 깨달음을 얻은 듯 혼잣말을 중얼거렸다.

"바로 그거야! 그냥 눈으로만 읽고 마는 건 기억에도 안 남고 확실하게 내 것이 되지 않아. 영어 단어를 외우든 수학이나 사회, 과학 개념을 다지든 항상 내 손으로 직접 써 보고 말로 해서 확실히 머릿속에 저장하는 게 좋아."

이렇게 각 과목별로 정리를 하고 나니 현명이 머리에도 체계가 잡힌 것 같았다.

“이제 끝이야?”

오랫동안 의자에 앉아 있던 현명이가 엉덩이를 들썩이며 물었다. 시간도 얼추 45분을 향해 가고 있었다.

“응. 이게 우리 공부 방식이고, 너희들이 앞으로도 꾸준히 해 나가야 할 방식이야. 이렇게 한꺼번에 설명해서 그렇지 습관처럼 몸에 배면 그렇게 어려운 것도 아니야. 나쁜 습관을 이런 공부 습관으로 바꾸면 돼.”

“나쁜 습관?”

현명이가 되물었다. 아무래도 형이 자기를 두고 하는 말 같았기 때문이다.

“게임을 너무 많이 한다든가 밤에 늦게 잔다든가 핸드폰을 지나치게 오래 보는 것 말야.”

“앗, 또 내 얘기네.”

현명이가 풀이 죽어 말했다.

“게임이나 핸드폰은 시간을 딱 정해 놓고 그 시간만 할 것. 밤에 늦게 자는 습관도 고칠 것. 알았어, 현명이?”

“거봐, 나를 저격할 줄 알았다니까.”

현명이가 의기소침하게 말했다.

“알면 고치면 되겠네.”

아름이가 불쑥 말했다. 같은 말이라도 아름이가 하면 이상하게 지키고 싶었다. 현명이가 어깨를 쭉 펴고 큰 소리로 답했다.

"넵! 형의 말을 무조건 따르겠습니다!"

아름이가 보일 듯 말 듯 미소를 지었다. 현명이는 어쩐지 앞으로 모든 일이 잘 될 것만 같은 기분이 들었다.

의대생이 알려 주는

이렇게 공부하면 나도 우등생!

사회와 과학 과목은 문제 풀이로 암기 실력 늘리기

사회나 과학 같은 과목은 암기가 중요해. 암기는 교과서를 여러 번 읽어 보고 개념을 요약 정리해 보면서 새로운 지식을 머리에 넣는 것도 중요하지만, 직접 문제를 풀어 보면서 내가 정말 잘 암기한 게 맞는지 확인하는 과정도 정말 중요해. 확인하는 과정이 없으면 아직 실력이 부족한데도 완벽하게 외웠다고 착각할 수도 있거든.

그러니 사회나 과학 과목을 공부할 때는 1주일 동안 학교에서 배운 내용에 대해 매주 주말에 교과서를 읽으면서 복습하고, 진도에 맞게 문제집 한 권은 꼭 완벽히 풀어 보는 게 좋아. 문제를 풀다 보면 내가 어떤 부분에서 암기가 덜 되었는지 확인해 볼 수 있거든. 이런 과정을 통해서 부족한 점을 보완할 수 있어.

초등 역사 과목도 마찬가지야. 학교 진도에 맞게 문제집을 풀어 보면서 암기를 잘한 게 맞는지 확인해 보는 과정을 가지는 게 도움이 될 거야.

사회, 과학, 역사는 기타 과목이라고 해서 대충 공부하지 말고, 꼭 문제를 풀어 보자.

공부는 원래 재미없어

“으아아아아악~!”

평온한 토요일 오후, 아파트 전체가 울려 퍼질 정도로 현명이가 갑자기 괴성을 질렀다. 주방에서 점심을 준비하던 엄마, 식탁에 앉아서 엄마와 대화를 나누고 있던 아빠, 자기 방에서 책을 읽고 있던 현재까지 온 식구가 깜짝 놀라 현명이 방을 쳐다봤다.

“이게 무슨 소리예요?”

엄마가 뒤집개를 들고 아빠에게 물었다. 식탁 의자에서 벌떡 일어난 아빠의 눈이 동그래졌다.

“글쎄, 현명이 방에서 무슨 일인가 벌어지고 있는 것 같은데?”

방에서 튀어나온 현재도 곧바로 현명이 방으로 뛰쳐 들어갔다. 현명이 방에 들어온 세 식구는 눈앞에서 벌어지는 일이 무슨 일인지 잠시 상황 파악을 해야 했다.

현명이가 머리카락을 양손으로 움켜쥔 채 책상에 머리를 쿵쿵 박고 있었다. 깜짝 놀란 엄마가 달려가서 현명이를 얼른 일으켜 세웠다.

"현명아, 왜 이래? 무슨 일이야?"

엄마 얼굴이 새파랗게 질렸다. 몸을 일으켜 세운 현명이의 눈이 퀭했다.

"으으으, 공부가 너무 재미없어!"

현명이가 넋이 나간 사람처럼 힘없이 말했다. 현명이가 잘못된 줄 알고 깜짝 놀란 세 식구는 현명이 얼굴을 보고 나서야 안도의 숨을 후욱 내쉬었다.

"너 진짜 엄마 깜짝 놀라게 할래? 어디 아픈 줄 알았잖아!"

"아파! 너무 지루하고 재미없어서 심장이 아프다고! 내 심장이 안 뛰는 것 같아, 엄마."

엄마가 현명이 등짝을 찰싹 때렸다. 그러자 현명이가 엄살을 부리며 아빠에게 달려가 안겼다. 아빠는 현명이 등을 토닥거리면서 꽉 안아 주었다.

"우리 현명이 공부하는 게 힘들구나. 그래, 원래 사랑을 쟁취하는 건 힘들어."

"여보!!!"

"아빠!!!"

엄마와 현재가 동시에 아빠에게 꽥 소리를 질렀다. 아빠는 이런 반응을 예상한 듯 눈을 질끈 감고 현명이 귀를 막아 주었다.

"당신은 애 앞에서 못 하는 소리가 없어, 진짜! 힘들어도 열심히 하라고 격려해 주지는 못할망정, 웬 사랑 타령이에요?"

"아니, 이건 내 식대로 현명이를 위로하고 격려하는 거야. 아무것도 공짜로 얻어지는 건 없다는 걸 말해 주는 거라고."

"정말 못 말려! 이상한 소리 그만하고 빨리 나와요!"

엄마가 아빠를 끌고 가면서 현재에게 고갯짓을 했다. 현명이하고 대화를 나눠 보라는 뜻이었다.

"현명아, 형이랑 얘기하고 나와. 그럼 엄마가 맛있는 치킨 튀겨 줄게. 알았지?"

엄마와 아빠는 문을 콩 닫고 나갔다. 현재는 좀비처럼 힘없이 서 있는 현명이의 머리를 쓱쓱 쓰다듬고는 어깨를 잡고 침대에 앉혔다. 힘없이 침대에 걸터앉은 현명이 옆에 현재도 앉았다.

"우리, 공부 시작한 지 얼마나 됐지?"

"몰라, 한 10일 됐나?"

현명이가 축 처진 목소리로 말했다.

"마음껏 놀지도 못하고 힘들지?"

"지옥이 있다면 이곳이 지옥이 아닐까, 형?"

현명이가 한숨을 푸욱 쉬며 말했다.

"너무했다. 그렇다고 무슨 지옥까지 들먹이냐. 형이 미안하게."

"아니, 형이 그렇게 만들었다는 게 아니라, 공부 이 녀석이 그렇다고. 공부 이 녀석, 이 나쁜 녀석 말야!"

현명이가 주먹을 쥐고 부들부들 떨었다. 정말 눈앞에 공부가 보인다면 한 대 칠 기세였다.

"하하하, 현명이가 많이 힘든가 보네. 근데 너 그거 알아?"

"아니, 몰라. 난 모르는 것투성이야."

"삐딱하게 굴지 말고, 형 얘기 들어봐."

현명이가 귀에다 손을 모으며 장난스럽게 형 쪽으로 몸을 기울였다.

"손흥민이 지금의 손흥민이 되기까지 그 연습 과정이 재밌었을까?"

"갑자기 손흥민?"

"지금도 매일 몇 시간씩 연습할 텐데, 그게 과연 재밌을까?"

"세상에서 축구가 젤 재밌다던데."

"그건 축구 그 자체, 그리고 경기할 때 그렇다는 거지. 어릴 때부터 지금까지 끝없이 연습하고 몸을 만들고 식단을 조절하고 마음을 다스리고 관리하는 것까지 재밌진 않을 거야."

"그런가?"

현명이가 고개를 갸웃했다.

"그 과정이 힘들고 재미없어도 자기가 좋아하는 축구를 하기 위해 할 수밖에 없으니까 하는 거야. 솔직히 연습하는 게 뭐가 재밌겠어. 놀지도 못하고 봄여름가을겨울 매일 연습인데. 먹고 싶은 것도 마음껏 못 먹고 살찌지 않게 관리하는 건 뭐가 재밌겠어."

"듣고 보니 그렇네."

"공부는 원래 재미없어. 지루하고 힘든 거야. 축구를 잘하기 위한 연습 과정처럼."

현명이가 고개를 작게 끄덕였다.

"영어 단어가 1초 만에 외워지고, 수학 문제가 마법처럼 술술 풀어지고, 영어 책을 한번 보면 문장이 줄줄 쏟아져 나오는 사람은 없어. 그건 아름이도 안 돼."

"왠지 아름이는 그럴 것 같아. 걘 외계인이잖아."

"하하하, 물어봐, 뭐라 그러나. 절대 아닐걸?"

"형도 공부가 재미없었어?"

"당연하지! 목표를 이루려면 공부를 해야 하니까 한 거지, 공부가 뭐가 재밌겠어."

"와, 나는 형이 재밌어서 공부한 줄."

"그냥 하는 거야. 생각 없이 그냥. 잠자고 일어나서 이 닦고 세수하고 밥 먹는 것처럼 하는 거야, 그냥!"

현명이가 곰곰이 생각에 잠겼다.

"이 힘들고 재미없는 걸 하는 힘은 결국 나의 목표야. 내가 간절하게 하고 싶은 게 있다면 공부하는 데 힘이 생겨."

"난 목표가 있어서 공부를 시작한 건 아닌데, 형…."

"앗, 그렇지 참! 근데 그런 작은 목표에서 시작해서 하나씩 계획을 이루고 성취해 보면 완전 새로운 기분을 느낄 거야. 맨날 틀리던 유형의 수학 문제를 안 틀리게 되고, 영어가 귀에 들어오기 시작하면 말야. 축구 시합에서 골 넣는 것하고는 다른 행복을 느낄걸?"

"진짜? 골 넣으면 진짜 행복하거든. 세상에서 젤 기분 좋아지는데 그거랑 다른 기분도 있을까?"

"있지. 세상에는 수천 가지 색깔의 행복이 있어."

현명이 얼굴이 환하게 밝아졌다. 현재는 그런 현명이 얼굴을 바라보며 활짝 미소 지었다.

"축구를 그렇게 꾸준히 열심히 하고, 뭔가 새로 시작해 보겠다고 용기 낼 줄 아는 아이라면 수천 가지 행복의 맛 중에서 천 가지는 맛 볼 수 있어. 진짜야. 형을 믿어."

현명이가 침대에서 벌떡 일어나 가슴을 쫙 폈다. 그러고는 팔을 뻗으며 다시 "우오오오오오~" 하는 괴성을 질렀다. 마치 변신 전 기운을 모으는 슈퍼 히어로 같았다. 현명이가 내지르는 괴성에 엄마 아빠가 또다시 방문을 벌컥 열며 방에 들이닥쳤다.

"왜왜왜! 또 무슨 일이야?"

"우리 현명이 폭발했어?"

깜짝 놀란 엄마와 아빠가 요란스럽게 물었다. 현명이는 얼굴이 빨개지도록 팔에 힘을 줘서 기운을 모으더니 양쪽 팔에 불룩 알통을 만들었다.

"우오오오오오오~ 에너지 충전 완료! 다시 시작!"

엄마와 아빠와 형은 그런 현명이를 보며 웃음을 터뜨렸다.

"깜짝 놀랐잖아, 이현명!"

엄마가 가슴을 쓸어내리며 말했다.

"엄마, 아빠! 나 알통 봐. 이런 알통이라면 뭐든 할 수 있겠지?"

"그럼! 우리 현명이는 뭐든 하지. 쓰러져도 다시 일어나는 슈퍼 히어로지!"

아빠가 큰 소리로 수긍했다. 아빠 얼굴에 현명이를 향한 뿌듯함과 대견함이 가득 담겼다.

예습이 중요할까, 복습이 중요할까?

처음에는 자신 있게 시작했지만 공부를 한다는 건 쉽지 않았다. 하지만 현명이는 공부에 집중하려고 노력했다. 다른 아이들에 비해 학원을 안 다니고 있고, 지금은 학원이 중요한 게 아니라 공부하는 습관부터 몸에 붙이는 게 먼저라고 말한 현재의 말에 따라 학원을 더 다닐 생각도 없었다. 하지만 공부를 습관으로 만들라는 게 말처럼 쉽지는 않았다. 사람의 뇌는 이미 만들어진 습관을 지속하려는 경향이 있다고 한다. 익숙하지 않은 새로운 행동을 습관으로 만들려면 그만큼 에너지가 많이 들기 때문에 뇌도 그렇게 에너지가 많이 필요한 일은 피하려고 하기 때문이다.

"그러니까 현명아, 네 의지가 부족하거나 네가 못나서 공부 습관이 몸에 익지 않는 건 아니야. 원래 인간은 그렇게 만들어졌어.

그러니까 결국은 어떻게 해야 한다?"

"그냥 무조건 반복한다!"

"바로 그거야!"

현재의 말대로라면 우리 뇌는 정말 게을러서 새로운 일을 계속 시켜야만 말을 듣는다는 것이다. 그렇다면 아무 생각 없이 계속 반복하는 것밖에 답이 없었다. 머리 탓은 하지 말고 말이다.

"공부를 습관으로 만들려면 일정한 루틴을 만드는 게 좋아. 루틴을 만들려면 규칙적인 계획이 필요하고."

"그래서 내가 시간표 어린이가 됐잖아. 시간표대로 움직이는 시간표 어린이!"

"그래, 그렇게 시작하는 거야. 그런데 현명아, 너는 공부하는 데 예습이 중요하다고 생각해, 복습이 중요하다고 생각해? 딱 하나만 고른다면 말이야."

현재가 갑자기 질문을 던졌다.

"음…. 예습?"

현명이가 골똘히 고민하다가 답했다.

"왜?"

"요즘은 다들 선행을 하잖아. 그만큼 중요하니까 선행을 하는 거 아니야?"

"형은 굳이 하나만 고르라면 복습이야."

현명이 눈이 동그래졌다.

"정말? 근데 왜 그렇게 다들 선행을 열심히 하는 거야?"

"물론 선행도 자신의 수준에 맞게 차근차근 한다면 좋은 공부법이야. 그런데 남이 한다고 무작정 급하게 따라하면 오히려 독이 돼. 개념과 풀이법을 충분히 이해하고 완전히 내 것으로 만들고 넘어가야 도움이 되는 거지, 무작정 진도만 나가는 데 초점을 맞추면 현 단계 공부도 망쳐 버려. 몇 학년 선행을 하느냐, 몇 회독을 했느냐가 중요한 게 아니라, 얼마나 완벽하게 이해하고 내 것으로 만들었느냐가 중요해."

"그럼 나는 지금 단계에선 선행을 안 하는 게 좋겠네."

현명이가 이때다 싶어 말했다. 현재도 동의했다.

"맞아. 넌 기초를 다져야 할 시기지 선행을 할 시기가 아냐. 그러니까 초조하게 생각하지 않아도 돼. 아름이가 중학교 3학년 선행을 하든 고등학교 3학년 선행을 하든 넌 흔들리지 말고 너의 페이스를 지켜야 돼. 복습에 집중해."

"그러고 보니 복습하면 확실히 실력이 다져지는 것 같아. 기억도 잘 되고."

"그게 복습의 효과야. 그러니까 일요일을 복습의 날로 정하자."

"그건 또 무슨 날이야?"

갑자기 현명이의 머리가 지끈 아파 왔다.

"힘든 거 아니야. 그냥 일주일 중 하루 몇 시간을 복습하는 날로 정해서 일주일 동안 공부했던 내용을 다시 살펴보는 거야."

"내가 복습 안 하는 거 어떻게 알았지? 형도 엄마처럼 귀신이 되어 가는 거야?"

현명이가 머리를 긁적거리며 말했다. 사실 현명이는 예습을 더 중요하게 생각해서 단원을 미리 공부하는 데 시간을 더 많이 투자했다. 그래야 학교 수업을 들을 때 그나마 이해가 빨리 된다고 생각했기 때문이다. 그러다 보니 시간 배분을 잘 못해서 복습을 자꾸만 미루고 있었다.

"방학 중에는 매주 일요일 오전 10시를 복습의 날로 정하자. 이 시간에는 1주일 동안 공부했던 문제집들을 가져와서, 각 과목별로 20~30분씩 투자해서 복습하는 거야. 새로 배운 개념은 다시 암기하고, 틀린 문제도 또 한번 풀어보는 거지."

"복습이 그렇게 중요해, 형?"

"예습보다 훨씬 중요해."

현명이는 복습이 공부하는 데 그렇게 큰 의미가 있는 줄 몰랐다. 실력이 잘 늘지 않는 것도 복습을 성실하게 하지 않아서 그런 것 같았다.

"좋아. 자장면 데이, 빼빼로 데이, 삼겹살 데이, 치킨 데이 다 있는데 복습 데이가 빠지면 안 되지. 일요일은 복습 데이! 명심

자장면 데이
중화루
삼겹살 데이
빼빼로 데이
복습 데이
마라탕 데이
1

할게, 형."

"근데 치킨 데이도 있어?"

현재 형이 고개를 갸우뚱하며 물었다.

"있어, 형! 몰랐어? 지금 바로 생겼어. 그 기념으로 치킨 한 마리 사 주는 게 어때?"

현명이가 능청스럽게 말하자, 현재가 장난스럽게 눈을 흘기며 말했다.

"넌 대체 누굴 닮아서 말을 그렇게 청산유수처럼 잘해? 못 당한다, 진짜."

"누구긴 누구야, 아빠지. 형한테도 있는 유전자니까 잘 찾아봐. 찾을 수 있을 거야."

"알았다, 알았어. 유전자도 찾아보고 치킨도 사줄게."

현재가 흔쾌히 답하며 배달앱을 열어 치킨을 한 세트 주문했다. 그 모습을 보며 현명이는 언젠가는 마라탕 데이도 만들어야겠다고 생각했다.

의대생이 알려 주는 이렇게 공부하면 나도 우등생!

이것만은 반드시 습관으로!

1. 학교 선생님 수업 열심히 듣기

요즘에는 많은 초등학생들이 학원에 다니고 있어. 하지만 학원이 학교 공부를 방해할 때도 있어. 학원 진도가 학교 진도보다 더 빠르다 보니 학교 수업을 소홀히 여기는 친구들이 많아지는 거지. 수업 시간에 집중하지 않고 딴 생각을 하는 친구들도 많더라고. 하지만 초등학생들이 보는 단원평가를 출제하는 사람은 학원 선생님이 아닌 '학교 선생님'이라는 걸 명심해. 문제를 내는 학교 선생님이 무엇을 강조하고 무엇에 집중하는지 알아야 단원평가에서 좋은 성적을 거둘 수 있어. 이미 학원에서 공부한 내용이라도 학교에서 '복습'한다는 마음가짐으로 학교 수업도 열심히 들어야 해.

2. 글씨는 깨끗하고 반듯하게

'천재는 악필이다.'라는 말도 있지만 그건 공부하는 학생들에게는 해당되지 않는 말이야. "요즘은 다 컴퓨터로 문서 작업하는데 글씨를 잘 써서 뭐해요?"라고 반문하는 친구들도 있겠지만, 초중고등학교 때까지는 절대 그렇지 않아. 글씨를 반듯하게 잘 쓰는 게 왜 중요하냐고?

첫째, '서술형' 시험 때문이야. 중고등학교에서는 대부분의 학교에서 서술형 형태로 내신 시험을 출제해. 이때 글씨를 또박또박 쓰지 않으면 내용을 전달하는 데 문제가 생기거나 오해가 생길 수 있어. 무슨 글씨인지 못 알아보게 쓰면 감점을 받을 수밖에 없지.

둘째, '수학 문제 풀이'에도 반듯한 글씨가 필요해. 수학 문제를 풀 때에는 손으로 식을 적으면서 문제를 풀어야 해. 만약 글씨체를 제대로 잡아 두지 않으면, 자신이 쓴 숫자를 못 알아봐서 실수를 할 수도 있어. 시간도 없는데 풀이 과정에서 오류가 나면 그 문제는 놓칠 수밖에 없지.

셋째, 반듯한 글씨가 학교 생활에 도움이 되기 때문이야. 학교 수업을 들을 때 선생님의 수업 내용을 교과서에 잘 필기하려면 빠르고 또박또박 글씨를 쓸 수 있어야 해. 학교 수업뿐만 아니라 다양한 학교 활동과 수행평가 때에도 바르고 깨끗한 글씨는 꼭 필요하지. 손글씨로 포스터를 만들어 발표하거나 독후감을 원고지에 적어 내는 등의 수행평가도 많으니까 미리미리 깨끗하고 반듯하게 글씨 쓰는 법을 익혀 두는 게 좋아. 글씨를 너무 못 쓴다면 방학 때라도 악필 교정 책을 한 권 구매해서 매일 10분씩 연습하는 것도 좋은 방법이야.

아름이와 첫 외출

"현명이랑 아름이, 오늘은 나랑 동네 도서관에 갈 거야."

현재의 갑작스러운 제안에 현명이와 아름이가 고개를 갸우뚱하며 의아해 했다.

"갑자기? 도서관을? 근데 우리 동네에 도서관이 있었어?"

현명이는 현재의 갑작스러운 제안에 어리둥절하기도 했지만 오랜만에 집 안을 벗어난다니 기분이 좋았다. 더구나 아름이랑 같이 가는 첫 외출이 아닌가!

"도서관 있지. 산 아래에 있어서 풍경도 좋아."

"전 엄마랑 가본 적 있어요. 가끔 책 읽으러 가기도 하고요."

아름이가 익숙하다는 듯 말했다.

"시원하고 조용해서 공부하기 좋아. 자, 그럼 출발할까?"

현재가 앞장서자, 현명이와 아름이도 뒤따랐다. 현명이는 너무 신이 나서 발이 하늘을 둥둥 떠다니는 기분이었다. 하지만 아름이는 언제나처럼 차분한 표정이었다.

"근데 오빠, 갑자기 도서관은 왜 가요?"

아름이가 궁금한 표정으로 물었다.

"가끔 공부하는 분위기를 바꿔 주는 것도 기분 전환에 좋거든. 어떤 장소에서는 뜻밖에 공부가 더 잘 되기도 하고."

"우왕, 나는 도서관 체질인 것 같아, 형. 벌써부터 기분이 좋아!"

현명이가 룰루랄라 콧노래를 부르며 앞장섰다.

"너 도서관에 가 본 적도 없다며 어딘 줄 알고 앞장서는 거야?"

"바람과 햇볕이 이끄는 대로!"

현명이는 현재 말에 아랑곳하지 않고 씩씩하게 걸어 나갔다.

"현명이는 근심 걱정이 없는 것 같아요."

앞장서 가는 현명이를 보며 아름이가 혼잣말처럼 중얼거렸다.

"원래는 그런 아이였는데, 요즘은 근심 걱정이 생긴 것 같아."

"어떤 근심 걱정이요?"

"음…. 공부를 더 잘하고 싶은 근심 걱정, 아름이랑 더 친해지고 싶은 근심 걱정."

"치…."

아름이가 입을 삐죽였다.

"아름이는 공부하면서 스트레스 안 받아?"

아름이가 말할까 말까 잠시 고민하다가 천천히 입을 열었다.

"안 받을 리가 없잖아요. 저도 사람인데."

"그럼 어떻게 풀어?"

"안 풀어요. 그냥 모른 척 다시 공부해요."

현재의 표정이 어두워지자 아름이가 변명하듯 말했다.

"저도 그게 안 좋다는 거 알아요. 엄마도 스트레스를 푸는 방법을 만들어야 한다고 늘 말씀하세요."

"스트레스 때문에 힘든 적은 없었어?"

"있어요…. 그치만 뭘 해야 할지 모르겠어요. 어떻게 스트레스를 풀어야 하는지도 모르겠고요."

아름이 얼굴에 그늘이

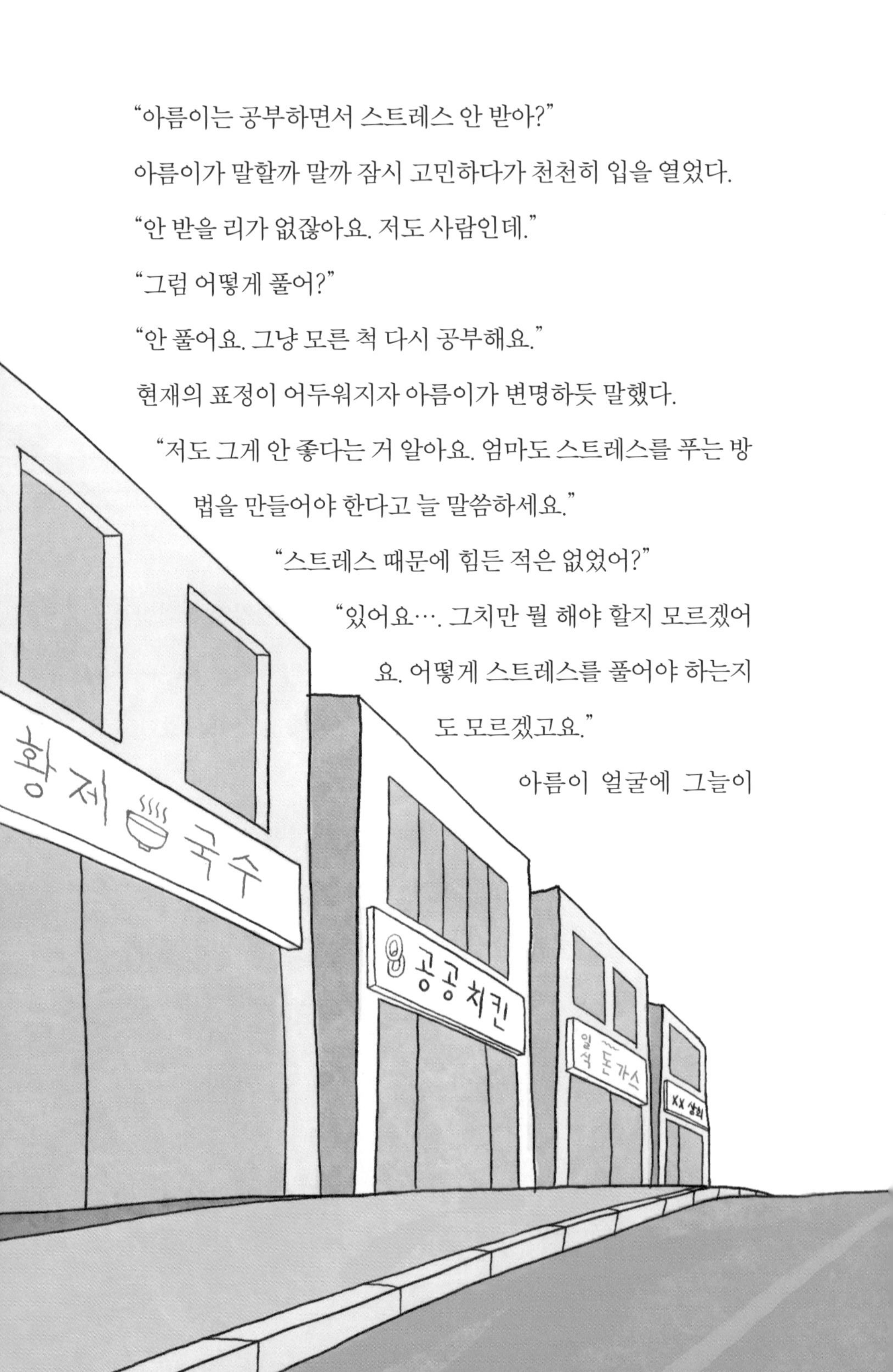

졌다.

“우리 현명이를 친구로 만드는 건 어때? 현명이가 스트레스 해소하는 데 꽤 도움이 되거든.”

“전 친구 안 만들어요.”

아름이의 단호한 대답에 현재가 멈칫했다. 그러다 다시 진지하게 말을 이었다.

“나도 공부할 때 진짜 스트레스를 많이 받았거든. 나중에는 그 스트레스가 거의 폭발 직전까지 오더라고. 그래서 안 되겠다, 그때부터 나만의 스트레스 해소법을 찾기 시작했어.”

“그게 뭔데요?”

“딱 세 가지였지. 친구, 쇼핑, 영화.”

“저하고는 다 관계없는 것들이네요.”

"스트레스 관리도 공부의 일부분이야. 멘탈 관리하고도 연관되니까."

아름이가 입을 꾹 다물고 곰곰이 생각에 잠겼다.

"아름이한테 꼭 말해 주고 싶은 건 슬픔이나 아픔도 나눌 수 있다는 거야."

아름이가 현재를 올려다보았다. 현재가 어깨를 다독이는 듯한 따뜻한 눈빛으로 아름이를 바라보며 미소를 지었다. 그때 앞서 가던 현명이가 요란을 떨며 큰 소리로 두 사람을 불렀다.

"형, 아름아! 이 몸, 오른쪽으로 갈까, 왼쪽으로 갈까? 명령만 내려 주세요!"

손가락으로 오른쪽 왼쪽 방향을 가리키며 활짝 웃고 있는 현명이를 보며 아름이가 피식 웃음을 터뜨렸다.

"형은 오랜만에 가는 거라 헷갈려. 아름아, 어느 쪽이야?"

"왼쪽."

아름이가 짧게 대답했다.

"오케이~! 왼쪽으로 납시오~!"

현명이가 군인처럼 절도 있게 왼쪽으로 방향을 틀었다. 아름이가 그런 현명이를 보며 조용히 미소 지었다.

"거 봐. 스트레스 해소에 꽤 도움이 되지?"

아름이가 보일 듯 말 듯 고개를 끄덕였다.

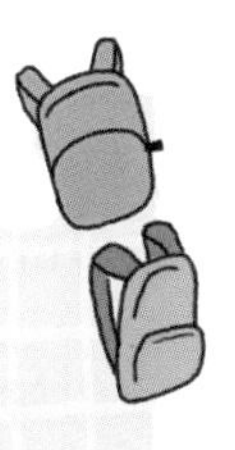

도서관에서 공부하는 꿀 같은 기분

도서관에는 생각보다 많은 아이들과 어른들이 앉아서 책을 읽거나 공부를 하고 있었다.

"와, 이렇게 좋은 장소를 그동안 아무도 나한테 알려주지 않았다니!"

현명이가 도서관을 휘휘 둘러보며 감탄했다.

"집에서 공부할 때랑은 기분이 다르지?"

"응, 형. 머릿속으로 맑은 바람이 휘익 불어오는 기분이야."

현명이는 신이 나서 흥분된 목소리로 대답했다.

"공부하면서 지칠 때는 장소를 바꿔서 기분을 전환하는 것도 좋은 방법이야."

"형은 진짜 부지런하게 다양한 방법으로 공부했구나."

현명이는 또 한번 감탄했다. 힘든 공부에 지치지 않도록 다양한 방법을 찾고 노력한 형이 존경스러웠다.

"알아주니 고맙다. 이왕 하는 공부, 되도록 즐겁게 하려고 머리를 굴린 거지. 아름이도 여기서 공부하는 거 괜찮아?"

"네, 왠지 공부가 더 잘될 것 같아요."

아름이도 조금은 들떠 보였다.

"지금보다 공부가 더 잘되면 안 되는 거 아니야? 그러다 너 할리우드 가겠다."

"할리우드가 아니라 하버드겠지."

현재가 현명이 대답을 고쳐 주자 아름이가 빵 터져 버렸다. 몇몇 사람들이 인상을 쓰며 아름이를 쳐다보자 아름이가 두 손으로 입을 막으며 웃음을 참으려 애를 썼다.

"흠흠, 할리우드에도 공부 잘하는 사람이 있겠지. 자, 그럼 슬슬 공부를 시작해 볼까?"

민망해진 현명이가 괜히 주위를 두리번거리며 공부할 자리를 찾았다. 마침 창가 쪽에 자리가 두 개 남아 있었다.

"아름아, 우리 저기 가서 공부하자."

아름이가 웬일인지 순순히 현명이 말을 따랐다.

"그럼 너희들은 여기서 1시간만 공부해. 형은 위층에 가서 책 읽고 있을게. 1시간 뒤에 만나자."

현명이와 아름이가 각자의 자리에 앉아 오늘 공부할 과목 교

재를 꺼냈다. 아름이와 현명이 둘 다 수학이었다. 현명이는 요즘 수학 문제 푸는 데 약간의 재미를 붙였다. 연산 문제집이야 실수를 줄이는 게 목표니까 별다른 어려움이 없었는데, 심화 문제집은 확실히 어려웠다. 하지만 그 어려움이 현명이에게 도전하는 즐거움을 가져다주었다. 모르는 문제를 끌어안고 끙끙거리다 보면 갑자기 풀이 방법이 머리를 딱 내리치곤 했다. 그럴 때는 너무 기분이 좋아서 괴성을 지르며 형한테 달려가곤 했다.

"형, 형, 형! 수학 문제 풀이법이 생각났어! 문제를 무섭게 노려보고 있었더니 갑자기 풀이법이 생각났어!"

"하하하, 수학 문제도 현명이한테 쫄았나 보네. 잘했어, 내 동생! 진짜 훌륭해!"

현재는 그럴 때마다 현명이에게 칭찬을 퍼부어 주었다. 현명이는 형의 칭찬을 듣는 게 기분 좋아서 스스로 수학 문제를 풀 때마다 형에게 달려가 자랑을 늘어놓곤 했다.

"형, 이러다가 나 전교 1등 하면 어떡해?"

현명이가 능청을 떨며 진지한 표정으로 말하자, 현재는 엄지손가락을 치켜세우며 현명이를 격려했다.

"1등 하지 말란 법도 없지. 이 정도 속도로 실력이 팍팍 늘면."

"에이, 형. 농담, 농담. 아름이가 있는데 내가 어떻게 1등을 해. 2등 할게, 그냥."

현재는 현명이 너스레에 크게 웃음을 터뜨렸다.

개념을 정리하고 심화 문제집과 연산 문제집을 풀고 복습 과정을 거치면서 현명이는 수학 과목에 점점 자신감이 붙어 갔다. 하지만 아름이에 비하면 아직 갈 길이 멀었다. 옆자리에 앉아서 문제집을 풀고 있는 아름이를 보니 눈에서 레이저가 쏟아질 것 같았다. 공부할 때 아름이는 항상 그랬다. 어떤 문제를 풀고 있나 슬쩍 건너다보니 눈이 핑핑 돌아가는 문제였다. 현명이는 풀려야 풀 수 없는 문제.

"서아름, 너 지금 몇 학년 수학 공부하는 거야?"

현명이가 목소리를 최대한 낮춰 아름이에게 묻자, 아름이가 이마를 살짝 찌푸리고는 손가락 세 개를 들어 보였다.

'3학년? 아, 중학교 3학년. 칫, 말로 해 주면 어디가 덧나나.'

현명이가 입을 삐죽이며 다시 자신의 문제집으로 시선을 돌렸다. 사실 같이 공부하는 아름이가 너무 다른 차원에서 공부를 하니 아예 신경을 안 쓸 수는 없었다. 혼자만 뒤떨어지는 건가 걱정이 되기도 하고, 너무 늦었나 싶기도 했다. 그런 고민을 현재에게 털어놓았더니 현재는 단호한 눈빛으로 말했다.

"현명아, 공부는 누구랑 비교하면서 하면 안 돼. 공부는 자신과의 싸움이라는 걸 명심해. 사람마다 공부하는 방식, 진도, 목표가 다 다르잖아. 너는 너만의 속도가 있는 거야. 아름이는 아름이고 너는 너야."

현재의 그 말이 현명이에게 얼마나 큰 힘이 되었는지 모른다. 형이 해준 말을 믿고 자신의 방식대로 해 나가다 보면 언젠가는 자신도 스스로가 만족할 만한 위치에 다가가 있을 거라고 현명이는 생각했다. 그렇게 마음을 고쳐먹으니 작은 배움 하나하나가 즐거웠다. 아직도 이것밖에 못해서 어떡하나 하는 마음보다는 이제 이것을 알게 됐으니 다른 걸 또 배우자 하는 긍정적인 마음이 생겼다. 심화 문제집도 그런 마음으로 풀어 가다 보니 어느새 반 이상 진도를 나갈 수 있었다.

아름이도 현명이의 변화를 눈치 채고 있었다. 처음 시작할 때와 집중도가 달라졌고, 공부할 때 표정도 굉장히 진지해졌기 때문이다. 아름이는 그런 현명이의 변화가 무척 신기했다. 현명이는 공부에 전혀 관심 없는 친구이고, 그러니 공부할 일도 없을 거라고 생각했는데, 그게 아니었다.

아름이가 현명이와 공부를 같이 하기로 마음먹은 이유는 오로지 현재 때문이었다. 의대에 다니니 물어보고 싶은 것도 많았고, 앞으로 자신이 해 나갈 공부에 도움이 될 거라고 생각했기 때문이다. 그런데 현명이의 변화를 지켜보면서 현명이의 도전 정신에 깊은 인상을 받았다. 아름이는 자신에게 익숙한 일만 열심히 하는 성향인데 현명이는 뭐든지 두려워하지 않고 일단 부딪혀 보는 성향이었다. 실패를 두려워하지 않고 일단 해보려는 현명이 용기가 부럽기도 했다. 아름이는 친구를 사귀는 것도 취미를 찾는 것도 어렵기만 했다. 그래서 그런 것에 신경을 안 쓰는 척 연기를 해 왔는데, 현명이에게는 그런 비밀이 없었다. 언제나 솔직하고 씩씩했다.

아름이는 옆자리에서 수학 문제를 푸는 현명이를 슬쩍 바라보았다. 문제 하나를 가지고 끙끙대고 있는 현명이 얼굴이 무척 진지해 보였다.

'내가 알고 있던 이현명이랑 다른 사람 같아. 역시 사람은 함부로 평가하면 안 되는 거야.'

아름이는 속으로 그렇게 생각하며 다시 자신의 문제집으로 눈길을 돌렸다.

공부 스트레스야, 사라져!

어느 날, 현명이가 거실로 나오며 요란스럽게 소리쳤다.

"형, 형! 나 질문이 있어."

소파에 앉아 영화를 보고 있던 현재가 현명이를 바라보았다.

"무슨 질문인데 이렇게 요란해? 수학 문제야?"

"아니, 인생에 대한 질문이야."

"뭐? 하하하하하."

현재가 유쾌하게 웃고 나자, 현명이가 목소리를 흠흠 가다듬으면서 현재 옆자리에 앉았다.

"형, 내가 지금 스트레스 때문에 머리에서 열이 나거든. 머리 뚜껑이 열릴 것 같단 말이야. 이럴 땐 어떻게 해야 돼?"

"오, 좋은 질문이네."

"난 늘 좋은 질문만 하지. 쓸데없는 말은 안 하는 사람이야."

현명이가 거드름을 피우며 어깨를 쭉 폈다.

"그동안은 스트레스가 없었어?"

현재의 물음에 현명이가 어이없다는 듯 답했다.

"형, 내가 맨날 애들하고 놀기만 했는데 스트레스가 왜 쌓여."

"아, 그랬나?"

"스트레스가 뭔지도 몰랐어. 맨날 맨날 신나고 재밌었거든. 근데 공부를 시작하니까 스트레스가 막 쌓이고 있어. 형은 스트레스 쌓이면 어떻게 풀었어?"

"형은 날짜를 정해 놓고 영화를 보거나 맛집에 가서 맛있는 걸 먹었어."

"날짜를 정해서?"

"응. 형이 영화 보는 거 좋아하잖아. 그래서 2주에 한 번은 꼭 영화관에 갔어. 친구랑 갈 때도 있고 혼자 갈 때도 있고. 시험을 잘 보거나 목표를 달성했을 때는 가고 싶었던 맛집에 가서 먹고 싶었던 음식을 실컷 먹었지."

"와, 재밌었겠다."

현명이가 호기심 가득한 얼굴로 현재의 말에 귀를 기울였다.

"공부를 하다 보면 스트레스는 반드시 쌓여. 안 생길 수가 없어. 스트레스가 없다는 게 더 이상한 거야. 그러니까 스트레스를

풀 수 있는 나만의 취미를 두세 개 갖는 게 좋아. 시간을 정해 놓고 그 취미 생활을 하거나 시험을 보고 나서 시간 여유가 있을 때 취미 생활을 하면서 스트레스를 푸는 게 정말 중요해. 휴식을 휴식답게 보내야 그 다음 스텝도 밟을 수 있거든. 공부만큼 휴식도 중요하니까 너무 공부에만 매달리지마."

현명이가 고개를 끄덕였다. 현재 형은 공부만 한 줄 알았는데 그게 아니었다니 조금 놀라웠다.

"현명이는 뭐 하면서 쉴 때가 젤 좋아? 세 가지만 말해 봐."

"운동하기, 피규어 구경 그리고 준오랑 성태랑 떡볶이 먹으면서 게임하기."

"그런 확실한 즐거움이 있으니 다행이네. 그걸 너의 스트레스 해소법으로 삼으면 돼."

"그럼, 형. 지금 준오랑 성태

만나서 떡볶이 먹으러 가도 돼?"

"오늘 계획은 다 지켰어?"

"당연하지. 난 약속 왕이라고!"

"알았다, 알았어. 할 일 다 했으면 놀아도 되지. 너무 늦지 않게 들어와."

떡볶이 먹으며 게임

현재가 이렇게 말하며 현명이에게 용돈을 건넸다.

"와, 우리 형 최고! 형은 역시 내 형이야! 고마워, 형!"

기분이 좋아진 현명이는 빛의 속도로 준오에게 전화를 걸었다.

"준오야, 우리 게임하자! 오늘 공부? 난 물론 클리어했지. 너는? 오, 역시 우린 통하는 게 있어. 그럼 맛나 떡볶이에서 5분 후에 만나자. 오랜만에 삼총사 집합! 성태한테는 네가 전화해. 나 지금 달려 나간다. 그리고 떡볶이는 오늘 내가 쏜다!"

전화기 너머로 준오의 환호성이 들려왔다. 전화를 끊은 현명이는 운동화를 되는 대로 구겨 신고 현관문을 열었다. 그러다가 뒤를 돌아보며 현재에게 손하트를 날렸다.

"형, 내 사랑을 받아! 지금은 바빠서 이만큼만 줄게. 나중에 더 줄게."

그러고는 후다닥 밖으로 뛰쳐나갔다. 현재는 그런 현명이 뒷모습을 보면서 미소를 지었다. 처음 하는 공부라 힘들 법도 한데 현명이는 현재를 잘 따라오고 있었다. 그런 현명이가 너무 대견해서 현재는 현명이에게 뭐라도 해 주고 싶었다. 나이 차이 많이 나는 늦둥이 동생이라 항상 어리게만 생각했는데 자기 할 일 잘하는 현명이를 보니 이제 마냥 어린아이는 아니라는 생각이 들었고, 대견했다.

현재는 현명이 방으로 들어가 현명이가 쓴 플래너를 넘겨 보았다. 처음에는 계획 자체가 적었지만, 지금은 한 면이 꽉 찰 정도로 많은 계획이 적혀 있었다. 안 지킨 계획이 없다는 것도 대견했다. 수학 문제집과 영어 단어장을 살펴보니 열심히 공부한 흔적이 눈에 보였다. 수학 문제집에서는 여러 번 지우개로 지우면서 고민한 흔적이 보였고, 영어 단어장 글씨체는 점점 깨끗해지고 단정해지고 있었다. 이 정도 성실함이라면 성적이 좋아지는 건 시간문제였다.

물론 성적이 갑자기 좋아질 수는 없다. 어쩌면 현명이가 실망할 만한 일이 몇 번쯤은 일어날지도 모른다. 하지만 중요한 건 이렇게 성실히 차곡차곡 실력을 쌓아 가는 현명이의 태도였다. 이런 시간들이 쌓여서 좋은 결실로 맺어진다는 것을 현명이도 언젠가는 알게 될 것이다.

'현명이가 정말 이름값 제대로 하네. 엄마 아빠가 이름 한번 잘 지으셨어.'

현재가 현명이 방을 나오며 생각했다.

4장

공부는 지구력이다

성적은 어떻게 올리는 거야?

현명이의 일주일은 바쁘게 흘러갔다. 화요일과 금요일엔 축구 교실, 목요일엔 수학 학원과 학원 숙제가 있었고, 월수금은 아름이와 공부를 했다. 아름이는 현명이네 집에 일주일에 세 번 와서 공부했지만, 현명이는 현재와 매일 공부했다. 아름이는 공부를 잘하고, 이미 습관처럼 공부하는 아이였기 때문에 매일 올 필요는 없다고 현재가 말했다. 아름이는 왠지 서운한 표정이었지만, 아름이 엄마가 매일 가면 너무 많은 폐를 끼친다며 일주일 세 번 공부하는 데 적극 찬성했다. 현명이 엄마는 매일 와도 좋다고 몇 번이나 권했지만 아름이 엄마는 단호했다.

"아쉽네. 아름이가 옆에 있어야 현명이가 정신을 바짝 차리고 공부할 텐데."

저녁밥을 먹으며 엄마가 아쉬운 듯 말했다. 오늘 저녁은 엄마와 현명이 둘뿐이었다. 아빠는 회식이 있다고 했고, 형은 오랜만에 친구를 만나러 나갔다.

"엄마, 나도 이제 예전의 이현명이 아니야. 아름이가 있다고 정신 차리고, 아름이가 없다고 조는 그런 사람이 아니라고."

"그래? 정말? 믿어도 돼?"

"아들을 안 믿으시면 누구를 믿으십니까?"

엄마는 현명이 능청에 기분 좋게 웃었다.

"그러고 보니 우리 현명이가 예전과는 좀 달라진 걸 엄마도 느껴. 뭐랄까, 생활이 정리됐다고 할까? 좀 차분해진 것도 같고."

"어머니, 잘 보셨습니다."

현명이가 밥 한 숟가락을 크게 떠서 입속에 가득 넣고 우물우물 씹으며 점잖게 말했다.

"플래너 쓰기 시작하면서 시간을 잘 쪼개 쓰는 것 같아."

"맞아. 그게 진짜 도움이 많이 됐어."

현명이가 고개를 크게 끄덕이며 엄마 말에 동의했다.

"영어나 수학은 어때? 형은 현명이가 너무 잘 따라오고 있다고 하던데, 정말 그래?"

"음, 어떤 날을 그렇고 어떤 날은 안 그렇지만, 전체적으로는 이해되는 부분이 많아."

엄마가 현명이 말에 수저를 놓고 크게 박수를 쳤다.

"브라보! 우리 현명이 브라보!"

현명이가 엄마의 환호성에 손을 들어 화답했다.

"네네, 알겠습니다. 고정하세요, 어머니."

엄마는 밥을 안 먹어도 배가 부른 기분이었다.

"그런데 엄마, 나 고민이 있어."

"고민? 왜? 무슨 고민?"

엄마가 무슨 일인가 싶어 걱정스런 얼굴로 물었다.

"시험 보는 게 좀 무서워."

"응? 시험이 무섭다니?"

"예전에는 시험을 보든 말든 아무 상관이 없어서 신경도 안 썼거든. 근데 이젠 시험에 너무 신경이 쓰이고 너무 떨려. 겁도 많이 나고."

엄마는 수저를 놓고 현명이를 유심히 바라보았다. 그러고는 옅은 미소를 지었다.

"현명이가 진짜 공부를 열심히 하는구나. 그래서 그런 기분이 드는 거야. 그건 너무 당연해."

"당연하다고?"

"그럼. 시험은 공부한 결과가 바로 나오는 거니까 내가 제대로 하고 있는 건지, 얼마나 좋은 결과로 이어질지 걱정되고 기대되는 마음이 들 수밖에 없어. 아주 좋은 긴장감이야."

현명이는 엄마 말이 잘 이해되지 않았다.

"세상에 좋은 긴장감도 있어?"

"축구 시합 하기 전을 생각해 봐. 엄청 긴장되는데 그 긴장감 때문에 기분이 나쁘거나 스

트레스가 쌓이진 않잖아. 그런 긴장감이 있어야 오히려 경기력이 향상되는 거야. 공부도 마찬가지고."

"와, 우리 엄마 축구 해설위원 같네."

"호호호, 좀 멋있었어?"

엄마 말이 무슨 뜻인지 알아들었지만, 그래도 현명이는 여전히 앞으로 있을 학교 단원평가와 학원 시험이 걱정이었다.

"그래도 내가 지금까지 공부한 게 아무런 효과도 없을까 봐 좀 걱정돼. 이렇게 매일매일 하루도 안 빼놓고 공부했는데 아무런 변화도 없으면 기운 빠지잖아."

"일어나지도 않은 일로 걱정하는 건 금물! 그것만큼 시간 낭비도 없어, 현명아. 그냥 우리는 그날그날 해야 하는 일을 열심히 하면 되는 거야. 그리고 결과를 받아들이는 거지."

현명이가 고개를 끄덕였다.

"엄마는 공부 때문에 현명이가 변하거나 힘들어하지 않았으면 좋겠어. 그러려고 공부하는 거 아니니까. 지금처럼, 차근차근, 하나씩 하나씩 해 나가자. 걱정은 붙들어 매고!"

엄마가 현명이에게 따뜻한 미소를 보냈다. 현명이도 미소를 지으며 고개를 끄덕였다. 힘들거나 고민이 있으면 누구한테든 털어놓고 대화를 나누는 게 가장 좋은 치료약이라는 걸 현명이는 이번에도 또 느꼈다.

의대생이 알려 주는

이렇게 공부하면 나도 우등생!

공부만큼이나 중요한 멘탈 관리법

공부는 참을성과 끈기가 필요한 일이야. 힘들고 어렵지. 생각만큼 성적이 안 나오거나 해도해도 자꾸 잊어버릴 때면 스트레스가 쌓이기도 해. 거기다 성적까지 떨어지면 멘탈까지 흔들리지. 공부할 때 가장 중요한 건 멘탈 관리야. 그래야 지치지 않고 끝까지 완주할 수 있거든. 그럼 멘탈 관리는 어떻게 해야 할까?

1. 나의 실력 객관적으로 파악하기

내 실력을 과대평가하거나 과소평가하면 제대로 된 공부가 어려울 뿐 아니라 시간만 낭비하게 돼. 자신에게 꼭 맞는 수준으로 공부해야 시간을 효율적으로 쓰면서 빨리 성장할 수 있어. 그래서 나는 매 시험이 끝날 때마다 '시험 분석표'를 과목별로 만들어서 지금 나의 실력이 어느 정도인지 점검했어. 특히 시험이 끝나고 나면 틀린 문제에 대해서 왜 틀렸는지 고민해 보는 시간이 중요해. 실수로 틀린 건지, 실력이 부족한 건지, 시간이 부족한 건지 그 원인을 분석하다 보면, 분명 자신의 문제점을 발견하고 보완할 수 있을 거야.

2. 자기 자신을 믿기

공부의 시작은 '나 자신을 믿는 것'에서부터 시작해. 나의 가능성과 미래를 믿는 마음. 그게 내 생활을 계획적으로 지켜 나가는 데 큰 도움이 된단다. '나는 나중에 크게 될 사람이다.' 이런 생각을 하고 이 말을 자주 되뇌이다 보면 게임을 더 하고 싶은 마음, 스마트폰을 더 보고 싶은 마음, 친구들과 더 놀고 싶은 마음도 조절할 수 있게 돼. '난 나중에 크게 될 사람인데 이 정도도 못 참으면 안 되지.' 이런 마음이 들거든. 힘들 때면 이렇게 되뇌어 봐. '나는 나중에 크게 될 사람이다.'라고 말이야.

3. 일희일비하지 않기

앞으로 너희들은 수많은 시험을 보게 될 거야. 어떨 때는 시험을 잘 볼 때도 못 볼 때도 있겠지. 하지만 한 번의 시험으로 모든 것이 결정되는 건 아니야. 한 번의 시험 결과가 좋았다고 해서 자만하면 다음 시험에서는 성적이 떨어질 수밖에 없어. 한 번 시험을 못 봤다고 해서 실망한다면 그 또한 다음 시험을 망치는 일이지. 시험 성적에 냉정해야 해. 잘 봤으면 다음에도 이 성적을 유지하겠다는 마음으로 공부하고, 못 봤으면 왜 시험을 망쳤는지 철저하게 분석하는 자세, 잊지 말자.

시험에 뒤통수 맞았네

엄마에게 위로를 받긴 했지만 현명이는 전 과목 단원평가와 학원 시험이 가까워지면서 점점 불안하고 걱정되는 마음이 커졌다. 그리고 그만큼 기대하는 마음도 컸다.

'이렇게까지 열심히 했는데 설마 성적이 안 오르겠어?'

현명이는 마음 깊숙한 곳에서 올라오는 이런 기분을 꽁꽁 감추고 있었다. 태어나서 공부에 이렇게까지 진심인 적이 없었으니 꼭 결과로 나타날 거라 믿었지만, 자신의 기분이나 기대감에 대해서는 아무에게도 말하지 않았다. 말보다는 결과로 확실히 보여 주고 싶었기 때문이다. 그런 기분이 들 만큼 현명이는 자신감도 있었다. '하늘은 스스로 돕는 자를 돕는다.'라는 속담도 있으니 하늘도 자신의 노력을 배신하진 않을 거라 믿었다.

현명이는 단원평가 전에 학원에서 보는 수학 시험부터 준비했다. 단원평가보다 학원 시험이 조금 더 어렵게 출제되기 때문에 더 신경이 쓰였다. 총 20문제가 출제되는 학원 시험에서는 80점 이상을 꼭 맞고 싶었다. 시험일이 다가올수록 신경이 곤두섰지만, 현명이는 이런 기분이 드는 것만으로도 기분 좋은 징조라고 생각했다. 그동안 시험은 그냥 다 찍는 날이었기 때문에 떨리지도 불안하지도 걱정이 되지도 않았으니까 말이다. 학원 선생님도 현명이 수업 태도가 좋아졌다면서 이번 시험이 기대된다고 말할 정도였으니 현명이가 기대할 만도 했다.

그리고 시험 당일. 시험지를 받아든 현명이는 두근대는 마음을 진정시키고 하나하나 문제를 풀기 시작했다. 하지만 어쩐 일일까. 풀어 본 문제 유형 같긴 한데 풀이가 잘 생각나지 않았다. 머리에 안개가 낀 것 같았다. 머리를 퍽퍽 때리고 다시 시험지를 보았지만 마찬가지였다. 첫 문제에서 당황하니 그다음 문제부터 줄줄이 문제가 머릿속에 안 들어왔다. 땀을 뻘뻘 흘리면서 간신히 문제를 다 풀긴 했지만, 채점 결과는 절망적이었다. 70점.

시험 점수를 받아든 현명이는 심장이 쿵 내려앉는 기분이었다. 그 전에 보았던 시험에서는 60점을 맞았으니 10점이 오른 점수였지만, 그래도 만족할 수 없었다. 그때와 지금의 공부 양은 하늘과 땅 차이 아닌가. 그런데도 고작 10점밖에 안 오르다니, 믿을 수가 없었다.

집에 돌아온 현명이는 엄마한테 인사도 하는 둥 마는 둥 방으로 들어가 침대에 누워 이불을 푹 뒤집어썼다.

'치, 하늘은 스스로 돕는 자를 돕는다고? 아니, 스스로 돕는 자를 외면하기만 하는데?'

현명이는 이런 생각을 하며 허공에 발길질을 했다. 정말 화가 나서 미칠 지경이었다. 대체 누구한테 화가 나는지도 모를 일이었다. 그때 엄마가 살며시 방문을 열었다.

"현명아, 왜? 왜 그렇게 뿔이 났어? 시험 못 봤어?"

엄마의 조심스러운 질문에 현명이가 자리에서 일어나 앉았다.

"엄마, 나 공부한테 배신당했어."

엄마가 방 안으로 들어오며 안쓰러운 표정을 지었다. 책상 의자에 앉은 엄마가 현명이의 손을 꼭 잡으며 말했다.

"왜? 얼마나 못 봤길래 배신까지 당했다고 그러는 거야?"

현명이가 가방에서 주섬주섬 시험지를 꺼내 엄마에게 건넸다.

"70점이면 저번보다 10점이나 올랐는데, 왜?"

"다 아는 문제 같았는데 풀이가 하나도 생각이 안 나는 거야. 누가 머리를 뿅망치로 때린 것처럼 멍했어."

엄마가 시험지를 내려놓고 현명이의 등을 토닥였다.

"점수 자체보다 점수가 올랐다는 사실에 의미를 둬야지. 공부 시작하고 첫 시험이잖아. 엄마는 너무너무 흡족해."

"예전보다 공부를 10배는 많이 했잖아. 그럼 적어도 80점 이상은 받아야지."

"처음부터 그렇게 마음먹은 대로 되는 일이 어딨어. 점수가 떨어졌다면 모를까, 어려운 수학 문제에서 10점이나 올랐는데 스스로를 칭찬해 줘야지."

그때 방문이 빼꼼 열리며 현재가 들어왔다.

"현명이 표정 보니까 시험 점수가 보이는 것 같네. 한번 보자."

현재는 책상 위에 놓인 시험지를 찬찬히 살펴보았다. 현재의 표정이 진지해지자 현명이는 쥐구멍에라도 숨고 싶었다. 형이 그렇게 열정적으로 가르쳐 줬는데 그에 비해 점수가 너무 형편없었기 때문이다.

시험지를 다 살펴본 현재가 현명이를 보며 낮은 목소리로 현명이의 이름을 불렀다. 분위기가 냉랭해지자 엄마는 슬그머니 일어나 방을 나갔다. 현재가 의자를 끌어당겨 앉으며 현명이의 얼굴을 바라보았다.

"현명아, 점수가 중요한 게 아니라 어떤 문제를 왜 틀렸는지를 보는 게 더 중요해."

"난 70점이 너무 충격이란 말야. 이번엔 80점은 맞을 줄 알았어. 내가 얼마나 열심히 했는데…."

현재는 다시 한번 시험지를 보면서 문제를 하나하나 짚어 가며 설명을 시작했다.

"이 문제는 현명이가 개념 잡을 때부터 좀 어려워했어. 그래서 형이랑 나중에 문제 풀 때도 몇 개 틀렸던 유형이고. 완전히 네 것이 되지 않았다는 증거야. 수학 노트에 개념 풀이 해 봤어?"

"해 보긴 했는데 100퍼센트 이해된 건 아니었나 봐."

"그런 건 그냥 찝찝한 채로 넘기면 안 되고 바로 해결해야 돼. 형한테 물어봤어야지. 아니면 다음 날 선생님한테 질문하든지."

현명이가 시무룩해졌다.

"그리고 이 문제는 또 연산에서 실수했잖아."

현재의 목소리에 짜증이 섞여 나왔다. 현명이가 어깨를 움츠리며 고개를 푹 숙였다.

"이런 문제 틀리면 너무 억울하잖아. 다 아는 건데 실수 때문에 틀린 거니까. 침착해야 해. 시험 볼 때는 평상시처럼 덜렁거리지 말고."

현명이가 울상을 지으며 입술을 꽉 깨물었다. 형이 이렇게 짜증 내는 게 처음이었기 때문에 당황스럽고 무섭기도 해서 울음이 나오려고 했다. 그리고 서운하기도 했다. 엄마처럼 잘했다, 흡족하다 칭찬까지는 아니더라도 오른 성적을 언급하면서 격려해 줄 거라 생각했는데 잘못한 점만 지적하니 핑 눈물이 돌았다.

"휴, 이런 문제까지 틀리면 정말 큰일이야. 너무 쉽잖아."

현재가 그렇게 한마디하고는 한숨을 쉬며 시험지를 책상 위에 내려놓았다.

"형이 화내는 거 아니야. 그냥 좀 안타깝고 아까워서 그래. 너 그동안 공부 열심히 한 거 형이 가장 잘 아니까 속상해서 그래."

현명이가 고개를 들지 못하고 고개만 끄덕였다.

"괜찮아, 단원평가 잘 보면 되지. 그리고 시험 못 봤다고 하늘이 무너지는 것도 아니야. 알겠어?"

현재가 현명이 어깨를 토닥이면서 따뜻한 목소리로 말했다. 목소리는 아까보다 많이 부드러워졌지만 여전히 표정은 굳은 채였다.

"몰라서 틀린 문제는 수학 노트에 따로 정리하고, 알면서도 틀린 문제는 다시는 틀리지 않게 부족한 부분을 계속 보완해야 돼. 그러니까 연산 문제집 열심히 풀어야겠지? 그리고 나머지 틀린 문제들은 문제가 어려웠어. 심화 과정이라고 할 수 있는 문제들이야. 아직 현명이가 그 수준에 못 미친다는 거니까 너무 실망하지 말고 지금처럼 공부해 나가자."

현명이는 대답 없이 고개만 끄덕였다.

"이현명, 어깨 펴고, 허리 펴고! 시험 때문에 그렇게 풀 죽어 다니면 형이 더 속상해!"

현재는 현명이도 혼자 생각할 시간이 필요하다고 생각해서 그렇게 말하고는 조용히 방을 나왔다. 형이 나가자마자 현명이의 눈에서 후두둑 눈물이 떨어졌다. 지금 현명이의 기분은 아무도, 그 누구도 몰랐다.

대망의 단원평가

일주일 뒤, 학교에서는 국어, 수학, 사회, 과학 단원평가가 시작되었다. 영어는 단어시험과 문장 쓰기 시험을 따로 보기로 했다. 학원 시험에서 기대만큼 성적이 나오지 않아 크게 실망한 현명이는 단원평가에서 성적을 만회하기 위해 열심히 공부했다. 하지만 어쩐지 형과도 공부와도 어색해진 기분이었다. 예전처럼 신이 나지 않았고, 아름이랑 같이 공부하는 시간도 피하고만 싶었다. 그러나 그런 자신의 기분을 겉으로 드러내고 싶지는 않았다. 준오와 성태한테도 말하고 싶지 않았다. 괜히 나약한 사람이 된 것 같은 기분이 들었기 때문이다. 엄마는 현명이의 표정을 살피며 걱정스러운 표정을 지었지만, 엄마에게는 더더욱 아무 말도 하고 싶지 않았다. 실망은 한 번만으로 족하니 말이다.

그리고 마침내 단원평가 날, 아침부터 현명이는 긴장한 표정이 역력했다.

"아이고, 현명아. 우리 현명이 요즘 너무 낯설어. 엄마는 예전 현명이가 그리워. 얼굴 좀 펴자, 현명아."

엄마가 밥을 먹는 현명이에게 부탁하듯 말했지만 현명이 표정은 좀처럼 밝아지지 않았다. 그래도 현명이는 최대한 명랑하게 말했다.

"엄마, 나 요즘 사춘긴가 봐. 그러니까 나한테 너무 잔소리하면 안 돼."

"알았어, 알았어. 사춘기 때는 그냥 외계인이다 생각하라더라. 그래, 알았으니까 밥 먹어."

엄마가 장난스럽게 말하며 현명이의 등을 쓸어 주었다. 밥을 다 먹은 현명이가 책가방을 메고 나가려는데 현재가 방에서 나와 밝은 목소리로 말을 건넸다.

"현명아, 긴장하지 말고. 알았지? 실력 발휘 제대로 하고 와."

현명이는 억지웃음을 지으며 집을 나섰다. 사실 형이 잘못한 건 없었다. 형은 최선을 다해 가르쳤는데 너무 쉬운 문제에서 자꾸 실수가 나오니 화가 나는 것도 당연했다. 형도 사람이니까 말이다. 하지만 일주일 전 처음 보는 형의 굳은 표정과 목소리가 머릿속에서 잘 지워지지 않았다.

‘내가 한심하게 보였겠지. 형도 사람인데 실망하는 건 당연해.’

현명이는 그런 생각을 하며 교실에 들어섰다.

“이현명! 공부 열심히 했어? 너 공부 열심히 한다고 소문이 쫙 퍼졌던데 이번에 전교 1등 하는 거냐?”

반에서 까불이로 불리는 정재가 칭찬인 듯 아닌 듯한 말을 던지며 싱글싱글 웃었다.

“야, 최정재. 다른 애들 공부하는 거 안 보이냐? 목소리 좀 줄이지?”

준오가 점잖게 타일렀다. 현명이가 교실에 들어서면서부터 표정이 좋지 않은 걸 간파한 준오가 미리 선수를 쳐서 정재를 막아선 것이다. 현명이는 자리에 앉아서 준오를 보며 씨익 웃었다.

“오늘 학교 끝나고 떡볶이 오케이?”

현명이의 밝은 미소에 준오도 웃으며 답했다.

“3인분 오케이!”

현명이와 준오가 서로를 보며 활짝 웃었다. 잠시 뒤 종이 울리며 단원평가가 시작됐다. 예전 같았으면 방과 후 떡볶이 먹을 생각에 대충 아무거나 찍고 딴 생각만 하고 있었을 텐데, 이번에는 땀이 이마에 송글송글 맺힐 정도로 집중을 했다. 국어는 지문을 이해하기 어려웠고, 사회와 과학은 예전보다 훨씬 쉽게 풀었지만 어려운 문제가 몇 개 있었다. 문제는 수학. 학원에서 시험 볼 때와 똑같은 증상이 또 찾아왔다. 누군가한테 벌칙으로 뿅망치를 세게 맞은 것처럼 머리가 띵했다. 어제 다시 정리한 수학 개념도, 어제 풀어 본 같은 유형의 수학 문제도 눈앞에 아른거릴 뿐 머릿속이 안개 속에 잠긴 것 같았다. 현명이는 고개를 흔들고는 집중하려 애를 썼다. 하지만 머릿속 안개는 좀처럼 사라지지 않았다. 정신을 똑바로 차리고 시험을 봤지만, 기분은 좋지 않았다.

잠시 뒤, 시험 점수를 받아든 현명이는 눈앞이 깜깜해졌다. 국어를 빼고 점수는 조금씩 올랐지만 정말 눈꼽만큼이었다. 수학 75, 사회 80, 과학 75점이었다. 영어 단어 시험에서는 4개 틀렸고, 국어는 65점이었다. 시험지를 구겨 버리고 싶은 점수였다.

"시험 못 봤어?"

교실을 나오며 준오가 현명이를 보며 조심스레 물었다.

"이걸 어떻게 형이랑 엄마 아빠한테 보여줄까 걱정이야."

현명이가 기죽은 목소리로 답했다. 어깨가 축 처진 현명이를 보며 준오가 현명이 어깨를 탁 치며 기운차게 말했다.

"야, 우리가 시험 때문에 기죽는 건 너무 자존심 상하지 않냐? 기운 내! 담에 잘 보면 되지."

준오가 씩씩하게 말했다.

"넌? 잘 봤어?"

현명이가 준오를 보며 차분히 물었다.

"난 그냥 점수가 다 조금씩 올랐다는 거에 만족해."

그때 복도 끝에서 성태가 시험지를 손에 들고 펄럭이며 우다다 뛰어왔다.

"얘들아, 얘들아, 기적이 일어났어!"

현명이와 준오가 눈을 동그랗게 뜨며 성태를 쳐다봤다.

"야, 내가 수학 시험에서 80점을 맞았어! 이게 무슨 일이냐!"

성태가 수학 시험지를 펴서 현명이와 준오 코앞에 내밀었다. 준오가 현명이 표정을 살피며 성태에게 눈치를 줬지만, 성태는 그런 준오의 눈짓을 보지 못한 채 좋아서 펄쩍펄쩍 뛰었다.

"야, 나 천재 아니냐? 수학 공부 시작한 지 얼마 되지도 않았는데 이게 무슨 일이지? 내가 맘만 먹고 공부하면 100점 맞는 건 시간문제일 것 같은데!"

준오가 성태의 옆구리를 툭툭 치자 성태가 준오의 팔을 밀쳐내며 말했다.

"왜 남의 옆구리를 찌르고 난리야. 너도 내 점수가 부럽냐? 부럽지? 크하하하하."

"그만해라, 멍충아. 자중해."

준오가 이를 꽉 깨물며 말했지만 눈치 없는 성태는 여전히 흥분 상태였다.

"이현명, 너는? 너 공부 엄청 열심히 했잖아. 평균 몇 점이야? 90점은 넘었겠지?"

성태가 현명이의 가방 안을 들여다보려 하며 물었다.

"오늘 난 떡볶이는 못 먹겠다. 미안해. 너희들끼리 먹고 와. 나 먼저 간다."

현명이가 터벅터벅 복도를 벗어났다. 현명이가 시야에서 사라지자 준오가 성태에게 눈을 흘기며 핀잔을 주었다.

"야, 이 눈치 없는 녀석아!"

그때까지도 현명이 기분을 눈치 못 챈 성태가 발끈하며 준오에게 대들었다.

"왜? 뭐? 내가 뭘 잘못했는데?"

"넌 친구라면서 현명이 표정 보고 느끼는 게 없어?"

"왜? 현명이 아름이한테 또 딱지 맞았어?"

"어휴, 진짜. 안 그래도 현명이 시험 망쳐서 기분 우울한데 너까지 그렇게 자랑질을 해대야겠냐고. 바보냐?"

"시험을 못 봤다고? 현명이가? 왜? 그렇게 공부를 열심히 했는데 왜 못 봐?"

"못 볼 수도 있지 뭐가 왜야. 넌 진짜 친구도 아니다."

준오가 성태를 구박하고는 앞장서 갔다.

"야, 그런 걸로 뭘 또 친구도 아니라고 그러냐. 내가 알았냐? 난 그냥 믿기지 않는 점수가 나와서 그런 거지. 내가 알고도 그랬겠냐고."

성태가 준오 뒤를 쫓아가며 투덜거렸다. 두 사람은 아무 말 없이 교문 밖을 빠져나왔다. 준오와 성태는 현명이의 기분을 알 것도 같았다. 노력한 만큼 성과가 나와 주지 않으면 자기 자신을 탓하게 되는 그런 기분. 자신이 밉고 다 포기하고 싶은 그런 마음. 지금까지 어린이집 친구로, 동네 친구로, 학교 친구로 10년 넘게 함께 지내 왔지만 오늘 같은 현명이 표정은 본 적이 없었다. 준오와 성태는 우울한 기분으로 말없이 거리를 걸었다. 현명이가 현명하게 이 고비를 잘 넘기길 바라면서.

이제 공부 안 할 거야!

집에 들어서자마자 현명이는 자기 방으로 쏙 들어가 버렸다. 한번도 엄마한테 인사를 안 하고 자기 방으로 간 적이 없었는데 아무 말도 없이 방으로 들어가는 현명이를 보면서 엄마는 현명이가 시험을 못 봤다는 걸 눈치 챘다. 엄마는 잠시 현명이 방문 앞에 서서 머뭇거렸다. 들어가서 현명이를 위로해야 하는 건지, 아니면 혼자 시간을 갖도록 놓아 두어야 하는지 감이 안 잡혔다. 하지만 이대로 모른 척하기는 왠지 현명이에게 미안한 기분이었다. 시험 성적이 궁금하기도 했다.

"현명아, 엄마 들어가도 돼?"

방문 밖에서 작은 목소리로 물었지만 아무런 대답이 없었다. 엄마는 또 한번 머뭇거리다가 용기를 내서 방문을 조용히 열었다.

현명이가 책상 앞에 우두커니 앉아 있었다. 축 처진 어깨를 보니 엄마의 마음이 아파 오기 시작했다.

"우리 현명이, 기분이 안 좋아?"

엄마가 침대에 걸터앉으며 현명이의 표정을 살폈다.

"안 좋고 말고 할 것도 없어. 난 바보니까."

표정 하나 변하지 않고 내뱉는 현명이의 차가운 말에 엄마의 가슴이 쿵 내려앉았다.

"왜 그런 말을 해? 시험이 뭐가 대수라고. 오늘 못 봤으면 다음에 잘 보면 되지. 엄마는 현명이가 시험 때문에 이런 말 하는 거 정말 싫어."

엄마가 단호한 목소리로 말했다.

"나 이제 공부 안 해. 다시 축구만 할 거야. 공부할 머리가 아니야, 나는."

엄마의 얼굴에 그늘이 졌다. 한번도 자신을 탓하거나 자책한 적이 없는 씩씩한 현명이었다. 학원 시험부터 학교 단원평가까지 기대했던 점수에 못 미치니 자신한테 실망한 마음은 이해하지만, 그렇다고 이런 거친 말까지 할 줄은 정말 몰랐다.

"너 자꾸 그런 말 하면 엄마 진짜 화낸다!"

속상한 마음에 엄마가 목소리를 높여 야단을 쳤다.

"현실을 얘기하는 거야. 아무리 열심히 해도 성적은 안 오르고 맨날 제자리걸음인데 시간 낭비할 필요 없잖아. 형이 그렇게 나한테 시간을 투자했는데 나아진 게 없어. 그러니까 엄마도 내 공부에 기대하지 마. 형도 이제 포기하라고 하고. 나도 내일부터 다시 축구만 할 거야."

열린 방문으로 새어 나간 현명이의 말에 아빠도 현재도 방문 앞에 서서 심각한 얼굴로 현명이의 말을 들었다.

"나는 형을 안 닮아서 머리도 나쁘고 이해력도 떨어지고 심장도 콩알만 해서 시험 볼 때도 덜덜 떨기만 해. 좋아질 것 같지도 않으니까 다들 포기해."

현명이의 울먹이는 말에 아빠가 주먹을 입에 넣으며 울음을 삼켰다. 아빠는 마음이 너무 아팠다. 얼마나 마음에 상처를 받았으면 저런 말을 할까, 현명이가 가여웠다. 아빠는 눈물을 떨구지 않으려 눈을 빠르게 깜박이며 화장실로 달려갔다.

"참 바보 같은 소리를 자신감 넘치게도 한다."

깊은 침묵을 깨고 현재가 툭 말을 뱉었다.

"야, 이현명. 너 지금 고 3이냐? 세상이 무너졌어? 고작 초등학교 5학년이 단원평가 한번 보고 뭐라는 거야?"

현재의 다그침에 현명이가 뒤를 돌아 현재를 바라봤다.

"머리가 나쁜 게 아니라 네 생각이 나쁜 거야. 한번 시험 못 봤다고 무슨 엄살을 그렇게 심하게 부려?"

"엄살 아니야. 그냥 내가 공부할 타입이 아니라는 거지."

현명이가 차분히 말했다. 하지만 너무 속이 상해서 자꾸 눈물이 나려고 했다.

"너 그럼 축구도 때려쳐. 그런 정신 상태로는 축구도 잘할 수 없어. 축구에서는 네가 단 한 번도 실패 안 할 것 같아? 아니! 어려운 일이 계속 있을걸? 근데 그럴 때마다 나는 축구할 발이 아닌가 봐. 축구 안 하는 게 좋을 것 같아, 그럴 거야?"

"축구는 지금까지 나 배신 안 했어."

"아니 했을걸. 단지 네가 그걸 배신이라고 생각하지 않았을 뿐이겠지. 이 정도 어려움이나 고비는 다 겪는 거니까 이겨 내자, 이렇게 생각했겠지. 왜냐면 넌 축구를 좋아하니까."

현재가 너무 정곡을 찔러서 현명이는 아무 말도 못했다. 생각해 보니 정말 그랬다. 축구를 배우면서도 어려운 점이 많았다. 수비가 안 돼서 골을 먹었던 적도 많고 달려가다가 다리에 힘이 없어서 넘어진 적도 많았다. 코치 선생님은 다리에 힘을 기르려면 체력 운동을 열심히 해야 한다고 했지만, 체력을 기르는 것도 보통 힘든 일이 아니었다. 어떨 때는 스트레스를 받아서 코피를 흘리기도 했다. 하지만 그건 좋은 축구 선수가 되려면 누구든 다 겪는 일이라고 생각하고 이를 악물고 견뎠다. 그 정도 시련이 없으면 배우는 것도 없다고 생각했다.

"세상에 어떤 시련도 없이 이루고 싶은 걸 이루는 사람은 단 한 명도 없어. 어디서 무슨 일을 하든 누구나 다 겪는 일이야."

"형은 아니잖아."

현명이가 괜히 억지를 부렸다.

"나? 내가? 야, 웃기지 마. 네가 형이 어떻게 공부했는지 알기나 해?"

현재의 말에 엄마가 고개를 획 돌려 현재를 바라보며 울먹이는 목소리로 물었다.

"우리 큰아들은 또 왜? 너도 힘들었니? 그랬던 거야?"

"형은 뭐 글씨만 보면 다 외워졌는 줄 알아? 천만에! 형은 다른 애들이 잘 때 공부했고, 다른 애들이 다섯 번 외울 때 열 번 외웠어. 그랬는데도 시험 망쳐서 전교 등수가 80등이나 떨어진 적도 있다고."

"그랬지. 그때가 중학교 3학년 때였나…."

엄마가 그때 생각이 난 듯 눈물을 글썽거리며 생각에 잠겼다.

"형이 너랑 다른 건 아이큐가 아니라, 쉽게 '포기'라는 말을 하지 않았다는 거야!"

방 안에 다시 침묵이 흘렀다.

"네가 포기라는 말을 그렇게 쉽게 할 만큼 정말 후회 없이 공부를 했는지 다시 생각해 봐. 너 공부 시작한 지 1개월도 안 됐다는 것도 잊지 말고."

현재는 그렇게 말하고 휙 돌아서서 자기 방으로 들어가 버렸다. 아빠는 화장실에서 세수를 하고 나왔는지 눈이 벌겋게 달아올라 있었다.

"이현명, 오늘 너 때문에 아빠 울었다. 사나이 눈에 눈물이 흐르게 만들다니, 너 오늘 불효했어. 아빠는 무조건 네 편이고 너의 말을 전적으로 믿고 지지하지만, 머리가 나쁘다는 오늘 그 말은 당장 취소해. 아빠를 닮았는데 어떻게 머리가 나쁠 수가 있어. 그건 아빠에 대한 모욕이야."

아빠의 진지한 말에 엄마는 웃음이 터져 나올 뻔했지만 간신히 꾹 참았다.

"시끄럽고, 빨리 방에 가서 자요. 이상한 말 하지 말고."

"다섯 시도 안 됐는데 무슨 잠을 자."

"자요, 그냥. 이상한 소리 하려면."

"참나, 말을 못하게 하네."

아빠는 구시렁대면서 주방으로 가서 물을 벌컥벌컥 마셨다. 그 사이 현명이는 현재의 말을 곱씹고 있었다.

'정말 후회하지 않을 만큼 공부를 했냐고 하면 그건 아니지. 난 이제 막 공부를 시작했어. 그동안 공부랑 담을 쌓고 살았는데 1개월 만에 성적이 용수철처럼 튀어 오르는 건 말이 안 되잖아. 형 말이 맞아. 축구할 때도 힘들었어. 근데 그건 당연하다고 생각하고, 공부는 이렇게 쉽게 포기하다니. 나답지 않아.'

현명이는 엄마를 바라보았다. 엄마가 따뜻한 눈빛으로 현명이를 바라보고 있었다.

"엄마, 배고파."

"배고파? 그럼 밥 먹어야지. 뭐 먹고 싶어? 뭐해 줄까? 현명이 먹고 싶은 거 다 먹어."

엄마가 신이 나서 말했다.

"힘내서 다시 공부할 거야. 족발, 치킨, 자장면, 삼겹살 다 먹을 거야."

"그래, 그래, 현명이 다 먹어. 그리고 또 한번 그런 미운 소리 하면 다시는 밥 안 줄 거야."

엄마의 말에 현명이가 씨익 웃었다.

"알겠습니다, 어머니! 오늘 죄송했습니다!"

현명이가 씩씩하게 대답했다. 엄마의 마음도 그제야 눈 녹듯 녹아내렸다. 현명이는 자리에서 일어나 현재 방으로 갔다. 노크를 하고 방문을 열어 보니 현재는 책상에 앉아 눈을 감고 있었다.

"형…."

현명이가 작은 목소리로 현재를 불렀다. 눈을 감은 채 현재가 입을 열었다.

"그렇게 작은 소리로 불러서 들리겠냐?"

"형!"

현재의 농담 섞인 말에 용기를 낸 현명이가 다시 큰 소리로 현재를 불렀다. 그제야 눈을 뜬 현재의 얼굴에 옅은 미소가 번져 있었다.

"형, 이제 다시는 포기한다 안 한다 그런 말 안 할게."

"포기는 배추 셀 때나 하는 말이다. 잊지 마."

현재의 아재 개그에 현명이가 입을 실룩거렸다.

"웃으라고 한 말은 아니겠지?"

현재가 현명이 앞으로 다가왔다.

"현명아, 너 이제 초등학생이야. 초등학생한테 늦은 공부란 없어. 안 되는 공부도 없고. 흔들리지 말고 이현명답게 해 나가는 거야. 알았지?"

현명이가 고개를 크게 끄덕였다.

"헤헤, 이거 좀 쑥스럽다."

현재가 그렇게 말하는 현명이의 머리를 헝클어뜨리며 웃었다.

"자, 그럼 다시 시작한다는 기념으로 하이파이브?"

현재가 현명이 앞에 커다란 손바닥을 내밀었다. 이럴 때는 하이파이브가 제격이라고 현명이는 생각했다. 현명이가 현재의 손바닥에 자신의 손바닥을 부딪히며 목소리 높여 소리쳤다.

"파이팅! 포기는 배추 셀 때나 쓰는 말이다!"

두 형제가 서로를 바라보며 밝게 웃었다.

의대생이 알려 주는

이렇게 공부하면 나도 우등생!

단원평가 대비는 이렇게!

단원평가는 40분 안에 문제를 풀어야 해. 하지만 우리는 평상시에 시간 내로 푸는 연습을 하지 않지. 평상시에는 문제 풀다가 배고프면 간식 먹고, 화장실에 가고 싶으면 다녀오고, 피곤하면 다음 날로 미루기도 하잖아. 평상시에 그런 식으로 공부하면 단원평가 당일에는 긴장할 수밖에 없어. 평상시와는 다른 시간 제한 때문에 긴장하게 되니까 평소에 하지 않는 실수를 하게 되는 거지. 그러다 보면 아는 것도 틀리고 어처구니없는 실수를 저지르기도 해. 그러니까 단원평가 시험을 앞두었을 때는 '시간 내로 푸는 연습'을 하면서 실전 감각을 익히는 게 좋아.

그리고 실제 시험에서는 실수를 줄이기 위해 검토하는 습관도 중요해. 대표적으로 활용할 수 있는 무료 사이트가 'EBS 초등 단추'야. 만약 이번 단원평가에서 3단원이 시험 범위라면 이 사이트에 들어가서 이 범위에 맞추어 시험지 형태로 문제를 출력하고, 40분 내로 문제 푸는 연습을 과목별로 2번 이상 해 보는 거야. 평상시에도 실전처럼 연습해 두면 어떤 상황이 닥쳐도 크게 긴장하지 않고 실력을 발휘할 수 있어.

우리, 친구가 되어 볼까?

방학을 앞둔 일요일 아침이었다. 전화가 온 건 점심을 먹고 수학 복습을 다 마쳤을 때였다. 소파에 누워 핸드폰 게임을 하고 있는데 모르는 번호로 전화가 걸려왔다. 받을까 말까 잠시 고민하던 현명이는 010으로 시작하는 번호라 그냥 받았다.

"나 아름이야."

현명이는 자리에서 벌떡 일어나 앉았다. 아름이가 내 번호를 어떻게 알았지? 누가 장난치는 건가? 그런데 천사 같은 아름이 목소리가 맞았다.

"서아름?"

"그래. 나 지금 우리 동네 도서관에 있는데 올 수 있어?"

"도서관? 와, 그렇지 않아도 나 지금 도서관에 가려고 가방 싸고 있었는데. 지금 신발 신었거든. 5분 후면 도착이야."

"그래, 그럼 도서관 뒤 공원으로 와."

현명이는 전화를 끊자마자 빛의 속도로 가방을 챙기고 되는 대로 신발을 구겨 신고 현관문을 열며 소리쳤다.

"엄마, 나한테 전화하지 마. 중요한 일로 나가니까!"

바람처럼 사라지는 현명이의 뒷모습을 보며 엄마가 빼액 소리를 높였다.

"현명아, 신발 똑바로 신어. 그러다 넘어져!"

하지만 지금 신발이 문제가 아니었다. 아름이가 전화를 한 게 더 큰 문제였다. 현명이는 머리카락을 휘날리며 도서관으로 달려갔다. 공원에 도착하니 정말 아름이가 벤치에 앉아서 아이스크림을 먹고 있었다. 숨이 턱까지 차올랐지만 현명이는 숨을 가다듬고 힘들지 않은 척 아름이 옆에 앉았다.

"내가 너한테 내 전화번호를 알려 준 적이 있어?"

"아니, 엄마한테 물어봤더니 엄마가 아줌마한테 물어봐서 아줌마가 알려줬어."

"복잡한 과정을 거쳤구나."

현명이는 내심 기분이 좋았다. 그렇게 번거로운 과정을 거쳐서 자신에게 전화를 하다니 심장이 두근두근 터질 것 같았다.

"이거 먹을래?"

아름이가 아이스크림 하나를 내밀었다. 언제 산 건지 조금 녹은 채였다.

"와, 내가 좋아하는 아이스크림인데 어떻게 알고 샀어? 역시 똑똑하다니까."

현명이는 껍질을 까서 녹아내리려고 하는 아이스크림을 와앙 깨물었다. 세상에서 제일 달콤했다.

"현재 오빠한테 들었어."

현재 형이 무슨 얘기를 했는지는 대충 짐작이 갔다. 현명이는 어쩐지 조금 창피한 마음이 들었다.

"형은 뭘 그런 얘기를 하고 그러냐, 창피하게."

"그게 왜 창피해. 누구나 겪는 과정인데."

"진짜? 너도?"

아름이가 고개를 크게 끄덕였다.

"나도 처음부터 공부를 잘했던 건 아니야. 공부를 해야겠다고 마음먹기 전까지는 나도 엄청 방황했어. 너랑 거의 비슷해."

"나처럼 공부를 못했어?"

"그 정도는 아니었지만, 관심이 별로 없었어."

"그래, 너는 공부를 못했던 역사가 없겠지. 근데 왜 갑자기 공부를 해야겠다고 생각한 거야?"

잠시 침묵이 흘렀다. 아름이가 낮게 한숨을 쉬었다.

"아, 말하기 싫으면 안 해도 돼. 그냥 궁금해서 물어봤어…."

어두운 아름이의 표정을 보니 괜한 실수를 한 것 같았다. 미안해진 현명이가 말을 더듬으며 어쩔 줄 몰라 하자 아름이가 현명이를 바라봤다.

"너는 왜 공부를 하려고 하는 건데?"

아름이의 갑작스러운 반문에 현명이 얼굴이 빨개졌다.

"나? 아, 나, 나는 말야. 이러다 바, 바보가 되면 어떡하나 해서…. 내, 내가 좀 그렇잖아. 너도 알겠지만."

아름이한테 잘 보이고 싶어서 공부를 시작했다는 말은 차마 할 수가 없어 현명이는 더듬거리며 대충 둘러댔다.

"나는…. 내가 공부를 해야겠다고 마음먹은 이유는…. 아빠가 암으로 갑자기 돌아가셨거든. 2학년 때. 그때 아빠한테 아무것도 해드릴 수가 없어서 너무 마음이 아팠어. 그때 의사가 돼야겠다고 다짐했어. 암으로 죽는 사람이 더 이상 없었으면 해서."

덤덤하게 이야기하는 아름이를 보는 현명이의 눈에 눈물이 고였다. 물어보지 말걸, 후회가 밀려왔지만 이미 늦고 말았다.

"너, 울어?"

아름이가 눈물이 가득 맺힌 현명이를 보더니 깜짝 놀라 물었다. 현명이가 고개를 휙 돌리면서 눈물을 팔등으로 스윽 닦았다.

"울긴, 뭐. 근데 넌 왜 그런 말을 그렇게 아무렇지 않게 하냐?"

"그럼 펑펑 울면서 얘기해?"

"아니, 뭐 꼭 그러라는 건 아니지만…."

"난 아빠가 천국에 갔다고 믿어. 꿈속에서 아빠가 그러셨거든. 아빠는 너무너무 잘 지내고 있으니까 아빠 걱정 말고 엄마랑 행복하게 살라고. 그게 아빠의 행복이라고."

"으아아앙~!"

아름이의 말이 끝나자마자 갑자기 현명이가 울음을 터뜨렸다. 현명이는 한번도 부모님이 안 계신 상황을 생각해 본 적이 없었다. 그런데 아름이는 그런 아픔을 겪고도 저렇게 강하고 씩씩하다니 대단하다는 생각이 들면서도 어쩐지 마음이 아팠다.

"야, 너 왜 그래? 왜 울어?"

아름이가 당황해서 눈을 동그랗게 뜨며 되물었다.

"그만 울어! 누가 보면 내가 널 때리기라도 한 줄 알겠다."

아름이가 어이없어 하며 가방에서 휴지를 꺼내 현명이에게 건넸다. 휴지를 받아든 현명이는 있는 대로 코를 풀고는 눈을 껌

벅거리며 또다시 눈물을 흘리지 않으려고 애썼다.

"너 진짜 웃긴다. 남의 일로 이렇게 우는 남자애 처음 봐."

"야, 친구는 원래 그런 거야. 기쁜 일도 슬픈 일도 같이 나누는 거라고."

현명이가 코를 킁 풀며 답했다. 현명이의 그 말을 듣자, 이번에

는 아름이의 눈가가 촉촉하게 젖어 왔다. 아름이는 들키지 않으려고 얼른 고개를 돌렸다. 아름이는 친구란 귀찮고 성가신 존재라고 생각해 왔다. 친구가 되면 서로 털어놓아야 할 것, 이야기해야 할 것이 너무 많았다. 끝없이 질문하고 궁금해 하는 아이들이 아름이는 너무 불편했다. 아름이는 부모님 얘기나 집안 얘기, 형제자매에 대한 이야기를 하고 싶지 않았다. 아니, 할 말이 없었다. 엄마와 단 둘이 살고 있는 데다 엄마는 일로 늘 바빴으니 말이다. 그래서 공부만 했다. 그게 나중에 엄마와 행복하게 사는 길이라고 생각했으니까 말이다.

아름이는 엄마 말고 다른 누군가가 자기 때문에 눈물 흘리는 걸 본 적이 없었다. 그런 일을 생각해 본 적도 없었다. 그런데 현명이가 우는 모습을 보니 기분이 이상했다. 맨날 시끄럽게 애들이나 몰고 다니면서 공이나 차고, 수업 시간에는 잠을 자다가 책상에서 굴러 떨어지거나 잠꼬대를 하는 아이가 자기 때문에 큰 소리로 울다니. 이런 기분을 뭐라고 표현해야 할지 몰랐다. 아름이는 자신의 감정을 들키지 않으려고 흠흠 소리를 내며 목소리를 가다듬었다. 현명이는 옆에서 계속 코를 풀고 있었다.

"공부하는 거 힘들지? 마음대로 잘 되지도 않고."

아름이가 현명이에 대뜸 물었다. 현명이가 또 한번 코를 풀고는 고개를 끄덕였다.

"생각보다 성적이 빨리 오르지 않은 것도 실망스러웠지만, 시험 한번 망쳤다고 포기한다고 난리쳤던 것도 부끄러워."

"망친 것도 아니라던데, 현재 오빠가."

"국어 빼곤 성적이 다 오르긴 했어. 그래도 난 그런 점수를 기대한 건 아니었거든."

"욕심이 너무 크다. 성적이 그렇게 빨리 오르면 세상에 공부 못하는 사람이 어딨겠어."

현명이가 아이스크림을 또 한번 베어 물고는 고개를 끄덕이며 동의했다.

"알지. 근데 막상 그런 점수를 받으니까 머리로 알고 있었던 게 다 무너지더라."

"공부는 기본적으로 힘들고 어렵다는 것만 기억해. 그럼 오히려 힘이 생겨. 나만 그런 게 아니라는 걸 알게 되니까."

"우리 학교 전교 1등이 그런 말을 해 주니까 진짜 힘이 된다."

"앞으로 모르는 거 있으면 물어봐."

현명이는 자신의 귀를 의심했다. 믿어지지가 않아서 검지손가락으로 귀를 후비며 아름이에게 다시 물었다.

"너한테 물어보라고?"

아름이가 고개를 끄덕였다.

"안 째려보고 가르쳐 줄 거야?"

"내가 언제 너를 째려봤다고?"

"애들이 너한테 말만 시켜도 맨날 째려봤잖아. 가까이 오지 말라는 티를 팍팍 내면서."

아름이 얼굴이 빨개졌다.

"그건, 애들이 자꾸 이상한 걸 물어보니까 그렇지. 너도 딴 거 말고 공부에 대해서만 물어봐."

현명이가 아름이의 빨개진 얼굴을 보면서 큭큭 웃었다.

"알았어. 그럼 우리 이제 친구가 된 거야?"

현명이가 묻자, 아름이가 입을 삐죽였다.

"언제는 친구 아니라 원수였어?"

"하나도 안 웃긴 농담이지만 기분이 좋아서 웃기다. 크크크크. 그럼 오늘부터 우리, 친구다!"

아름이가 피식 웃었다. 현명이는 아름이랑 친구가 된 것도 좋았지만, 무엇보다 아름이가 친구를 만들 생각을 했다는 게 더 좋았다. 아름이와 현명이는 의자에 앉아 매미소리를 들으며 남은 아이스크림을 다 먹었다.

공부는 엉덩이의 힘으로!

"아름아, 너는 공부할 때 가장 중요한 게 뭐라고 생각해?"

현명이가 쉬는 시간에 과일을 먹다가 아름이에게 물었다. 참외를 먹던 아름이가 눈동자를 도르르 굴리며 생각에 잠겼다. 이제 아름이는 현명이가 묻는 말에 대답을 잘했다. 먼저 말을 시키거나 현재에게처럼 현명이를 보며 웃어 주는 일은 없었지만 그래도 예전보다는 정말 많이 친절해졌다.

"음, 엉덩이?"

"야! 그게 무슨 소리야? 공부하는데 엉덩이가 왜 필요해? 엉덩이로 글씨 쓰냐?"

현명이는 그렇게 말해 놓고는 혼자 키득거리며 웃었다. 하지만 아름이는 웃음기 없는 얼굴로 현명이를 한심하게 쳐다봤다.

"취소."

아름이의 표정을 본 현명이가 헛기침을 하면서 웃음을 거두었다.

"우리 엄마가 그랬어. 공부는 엉덩이 힘으로 하는 거라고."

"그게 무슨 뜻이야, 대체?"

현명이가 웃음을 꽉 참으며 다시 물었다.

"끈기 있게 오래 앉아 있는 사람이 공부를 잘한다는 뜻이지."

"아하!"

"공부는 머리 싸움이 아니라 엉덩이 싸움이야. 반드시 시간을 투자해야 성과가 나타나거든."

"머리 좋은 게 가장 중요한 게 아니고?"

"아니야. 공부는 머리로 하는 게 아니라니까."

"넌 머리 좋아서 그렇게 말하는 거잖아."

현명이가 심술궂게 말했다. 머리가 좋으면 확실히 공부를 잘할 수밖에 없는데 자꾸 아니라고 하니까 조금 짜증이 났다.

"물론 머리가 엄청 좋으면 조금 더 빨리 외우거나 오래 기억할 수 있겠지. 하지만 머리가 나빠서 공부를 못할 정도로 어려운 걸 학교에서 가르치진 않아. 우리가 배우는 건 시간을 투자하고 열심히만 하면 누구든 잘할 수 있게 짜 놓았어. 이건 대학 공부가 아니니까."

현명이는 아름이의 조리 있는 말에 새삼 놀랐다. 책을 많이 읽어서 그런지 아름이는 말을 정말 잘했다. 가끔은 현명이가 다 못 알아들을 정도로 어려운 단어도 많이 썼다.

"야, 너 되게 똑똑하다."

"쓸데없는 소리 하지 말고, 내가 한 말 무슨 뜻인지 알겠어?"

아름이가 갑자기 정색을 하며 말했다. 아름이는 대화를 하다가 현명이가 딴소리를 하면 꼭 이렇게 정색을 했다.

"응. 대충은 알 것 같아. 그러니까 핑계 대지 말고 시간을 투자해서 공부하라는 거잖아."

"이번엔 말귀를 잘 알아듣네."

"야, 나도 보기보다 똑똑해. 무시하지 마."

"무작정 오래 앉아 있는다고 공부를 잘하는 건 아니지만, 공부를 잘하기 위해선 꾸준함과 인내심이 분명히 필요해."

"그건 내가 젤 못하는 건데."

"못하는 게 어딨어. 하기 싫은 거겠지."

"얘도 우리 엄마처럼 귀신이

네. 내 속마음을 어떻게 알았지?"

현명이가 깜짝 놀라는 척 두 팔을 번쩍 들었을 때 현재가 방으로 들어왔다.

"형, 형도 공부는 엉덩이 힘으로 하는 거라고 생각해?"

"물론!"

아름이가 그것 보라는 듯이 현명이를 쳐다봤다.

"공부는 끈기 있게 꾸준히 의자에 앉아 있는 사람이 이기는 거야. 꼼수는 안 통해."

"난 솔직히 여태까지 공부 잘하는 애들은 정해져 있다고 생각했거든."

"그렇게 생각하는 사람들이 많은 게 문제야."

형이 답답하다는 듯 말했다.

"공부머리는 타고나야 한다, 공부하는 사람은 따로 있다, 이런 말을 많이 하는데 그건 우리나라 초중고등학교 공부에는 적용되는 말이 아니야. 물론 그런 사람들도 있지만, 그렇지 않은 사람이라도 열심히 노력한다면 누구나 잘 따라갈 수 있고, 잘할 수 있는 게 초중고등학교 학과 과정이야. 누가 멘탈을 잘 지키면서 끝까지 완주하느냐가 중요해."

"어디서 많이 듣던 말이네."

현명이가 아름이를 보면서 말했다.

"저도 아까 현명이한테 그렇게 말했거든요."

아름이가 웃으면서 말했다.

"와, 역시 아름이랑 나는 뭔가 통한다."

현재 형이 아름이에게 또 손바닥을 내밀었다. 도대체 형은 왜 하이파이브에 중독됐을까? 현명이는 그게 궁금했다. 하루에도 몇 번씩이나 하이파이브를 하자고 하니, 이젠 손바닥이 아플 지경이었다. 그런데 아름이는 형이랑 하는 하이파이브가 싫지 않은 모양이었다. 매번 할 때마다 얼마나 환하게 웃는지, 두 눈이 접혀서 눈동자가 안 보일 정도였다. 두 사람이 매번 하이파이브를 하는 건 못마땅했지만, 현명이는 아름이와 현재의 말에 생각을 바꾸었다. 그동안 공부는 자신과 전혀 관계도 없고 자신이 잘할 수도 없다고 생각해 왔는데, 그게 아닌 것 같았다. 엉덩이 힘으로 하는 게 공부라면 현명이도 그건 자신 있었다. 끈기 하나는 이현명을 따라올 자가 없으니까 말이다.

5장

나를 위한 공부의 시작

이제 아름이가 아닌 나를 위한 공부

여름방학이 시작되었지만 현명이는 묵묵하고 성실하게 계획을 지켜나갔다. 현명이는 자기 전에 꼭 플래너를 쓰면서 머릿속에 있는 스케줄을 다시 한번 정리했고, 그러면서 자신과 다짐하듯 약속했다. 처음에는 플래너 쓰는 것도 힘들었지만, 짧게라도 내일 하루를 미리 정리해 보니 다음 날 시간 낭비 없이 시간을 잘 쓸 수 있었다. 예전에는 준오와 성태를 만나서 놀 때도 시간 가는 줄 모르다가 저녁 시간을 넘겨서 엄마에게 혼나는 일이 많았지만, 이제는 그럴 일이 없었다.

현명이 생활의 많은 부분이 바뀌면서 준오와 성태도 서서히 변해 갔다. 현명이가 공부를 시작하면서 준오와 성태도 자연스럽게 공부를 시작한 것이다. 그러자 제일 신이 난 건 엄마들이었다.

"현명이 덕에 우리 준오도 공부 시작했잖아요."

"성태도 마찬가지야. 호호호호호. 혼자서 심심하니까 그냥 자기가 알아서 학원에 가겠다고 하더라고."

"성적이 오르든 안 오르든 어쨌든 자기가 먼저 공부를 하겠다고 하니, 그것만으로도 너무 감사하다니까요."

"현명이한테 아이스크림이라도 사 줘야 하나?"

현명이, 준오, 성태 엄마는 모일 때마다 이런 이야기를 주고받으며 함박웃음을 지었다. 그 덕에 아이들과 엄마들 사이도 어느 때보다 좋아졌다.

오랜만에 게임을 하려고 성태와 현명이가 준오 집에 놀러가자 준오 엄마는 대통령이 온 것처럼 두 사람을 극진히 대접했다.

"어서 오렴, 우리 왕자님들. 덥지는 않고? 뭐 먹고 싶어? 치킨 사 줄까? 피자 먹을래?"

준오 엄마가 두 손을 꼭 잡고 아이들을 반기자, 현명이가 뒷걸음질을 하면서 경계하는 눈빛을 보냈다.

"아줌마, 갑자기 왜 그러세요? 적응 안 돼요."

"왜? 아줌마는 너희들한테 늘 친절했는데?"

"에이, 거짓말 마세요. 저희가 집에 놀러 오면 몰래 몰래 째려보셨잖아요."

현명이 말에 성태가 크크 웃었다.

"어머, 현명아, 왜 그렇게 서운한 말을 해. 아줌마가 너희들을 얼마나 좋아하는데. 맨날 간식도 줬잖아. 저녁도 주고."

"주면서 째려보셨죠."

준오와 성태가 웃음을 참지 못하고 크게 터뜨렸다.

"엄마, 그만해. 말로는 현명이 못 이겨."

준오가 엄마를 말리자, 무안해진 엄마가 허둥지둥 말을 얼버무렸다.

"그, 그래 어쨌든 얘들아, 오늘은 마음껏 놀아. 요즘 너희들, 공부도 열심히 하고 성실하다고 칭찬이 자자해."

준오 엄마는 아이들을 방 안으로 떠밀었다. 방에 들어온 아이들은 자리를 잡고 핸드폰이나 게임기를 꺼내 들었다.

"엄마는 내가 연필만 잡아도 좋아하더라."

성태가 게임기를 보며 말했다.

"우리 엄마도 그래. 내가 책상에 앉기만 해도 웃음꽃이 펴."

준오도 동의했다. 핸드폰 게임을 하던 현명이가 갑자기 핸드폰을 내리고 진지한 얼굴로 말했다.

"근데, 얘들아. 공부도 해 보니까 할 만하지 않아?"

"뭐?"

준오와 성태가 동시에 외쳤다.

"너, 진심이야?"

"응, 진심이야. 처음에는 이걸 왜 하고 있지? 그런 생각이 들었는데, 어느 순간이 되니까 나하고의 약속이라는 생각이 들더라. 뭐라고 해야 할까? 나에 대한 도전이라고 해야 하나?"

"재 공부하더니 어려운 말 쓴다."

성태가 어이없어 하며 말했다.

"말하는 게 아름이 같지 않냐"

준오도 성태의 말에 맞장구를 쳤다.

"야! 너희들이 아름이 말하는 거 들어 보기라도 했어? 걘 말이란 건 안 하는 앤데?"

"하긴. 근데 왠지 너처럼 말할 것 같긴 해."

준오의 말에 성태가 킥킥 웃었다.

"근데 너희들은 진짜 안 그래?"

준오와 성태가 게임을 멈추고 생각에 잠겼다.

"나는 사실 심심해서 학원에 다니는 거거든. 놀 사람이 없으니까. 근데 학원에 다니면서 내 할 일은 하면서 놀아야겠다는 생각은 들더라."

"거봐, 바뀌는 점이 있다니까. 성태는?"

"난 아직 잘 모르겠어. 그냥 다른 애들이 하니까 나도 하는 건데, 이렇게 하다 보면 이것도 익숙해지는 건가 싶긴 해."

"맞아, 우리 형도 그러고 아름이도 그러는데 공부도 습관이래.

그냥 하면 된대."

"오~~~, 아름이랑 그렇게까지 친해진 거야?"

아이들이 호기심 어린 눈으로 현명이를 은근슬쩍 놀렸다.

"아니야, 아직은. 그냥 몇 마디 나누는 정도야."

"야, 너의 공부 목표가 아름이랑 친해지기였잖아. 그 목표 아직 못 이뤘어?"

"아직이야. 친해지려면 아직도 한~~~참 멀었어."

"실망이다, 이현명. 되게 자신 있어 하더니."

"쉽게 쌓은 탑은 쉽게 무너진다는 말 몰라? 우린 서서히 친해질 거야."

"재 자꾸 어려운 말 쓰네. 기분 나쁘게."

성태가 투덜거리자 준오와 현명이가 크게 웃었다.

"그리고 선언하는데! 이제 나의 공부 목표는 바뀌었어."

현명이가 근엄한 목소리로 사뭇 진지하게 말했다.

"오, 어떻게?"

준오와 성태가 현명이에게 얼굴을 들이대며 동시에 물었다.

"아름이한테 보여 주기 위한 공부가 아니라 나를 위한 공부를 할 거야."

"올~~~!"

준오와 성태가 이번에도 동시에 탄성을 질렀다.

"누구를 위한 공부는 오래 못 가. 나를 위해 공부해야 지치지 않고 계속할 수 있어."

현명이가 어깨를 쭉 펴며 자신 있게 말했다.

"점점 내 친구가 아닌 것 같아."

준오의 말에 성태도 고개를 크게 끄덕였다.

"그렇다니까! 쟤 자꾸 어려운 말 쓰면서 아름이랑 현재 형이랑 비슷해지는 것 같아. 우리랑 점점 멀어지는 것 같은데?"

성태가 정말 서운한 듯 얼굴을 구기며 말했다.

“야, 그런 말이 어딨냐! 우리 우정은 포에버지! 나는 변하지 않을 거고, 너희들하고 멀어지지도 않을 거야. 난 그냥 생활 방식과 습관을 바꿨을 뿐이야.”

현명이 말을 들은 준오와 성태가 씨익 미소를 지었다.

“우리 방학 동안 공부도 열심히 하고, 또 일주일에 두 번씩 만나서 이렇게 스트레스도 풀자. 그래야 힘을 내서 또 공부할 수 있잖아.”

“좋았어!!”

아이들은 서로 팔을 걸며 우정을 다짐했다.

공부는 왜 해야 할까?

그날도 현명이와 아름이는 현재 방에 자리를 잡고 앉았다. 현명이와 아름이가 각자 공부할 교재를 가방에서 꺼낼 때 현재가 과자를 잔뜩 들고 방에 들어왔다.

"형, 연필을 들고 와야지 왜 과자를 들고 와?"

현재가 의자에 앉으며 과자 봉지를 뜯었다.

"오늘은 공부 안 할 거야."

현명이와 아름이의 눈이 동시에 커졌다.

"형, 더위 먹은 것 같아. 아님 냉방병에 걸렸나? 형 입에서 공부 안 한다는 말이 나오니까 이상해."

"오늘은 공부보다 더 진지한 얘기를 할 거야."

아름이와 현명이가 고개를 갸우뚱했다. 현재가 과자를 집어먹으며 물었다.

“아름이와 현명이의 가장 큰 차이점이 뭘까?”

현명이가 과자를 우걱우걱 씹으며 말했다.

“아름이는 여자, 나는 남자.”

현재와 아름이가 동시에 어이없는 표정으로 현명이를 바라보았다.

“쏴리.”

현명이가 눈을 다른 데로 돌리며 능청을 떨었다.

“내가 보기에 아름이랑 현명이의 가장 큰 차이점은….”

“성적?”

현명이가 또 끼어들었다. 그러자 아름이가 현명이의 팔을 살짝 때렸다.

“오케 오케 조용히 할게. 그래서 차이점이 뭔데?”

“아름이는 공부 목적이 분명하고 현명이는 그 목적이 분명하지 않다는 거야. 그게 큰 차이점이지.”

“우리 형, 또 어려운 말을 하네.”

현명이가 심드렁한 표정으로 말했다.

“어려운 말이 아니라 너무 분명하고 쉬운 말이야. 아름이는 처음부터 목표가 뚜렷했잖아. 그에 비해 현명이는 아름이랑….”

“에베베베베베. 형, 그만 거기까지! 프라이버시 좀 지켜 줘.”

현재가 웃으며 고개를 끄덕였다.

"어쨌든 그 차이가 성적과 태도의 차이를 가져오는 거야."

현명이가 흥미를 드러내며 몸을 앞으로 기울였다.

"공부에 대한 목표 의식이 뚜렷할수록 공부하는 힘이 오랫동안 유지되고 지치지 않아."

"근데 형, 공부는 대체 왜 해야 하는 거야?"

현명이가 정말 궁금해 죽겠다는 표정으로 대뜸 물었다.

"아름이는 어떻게 생각해?"

현재가 던진 질문에 아름이가 생각에 잠기더니 잠시 뒤 입을 열었다.

"음, 미래의 선택폭을 넓힐 수 있기 때문이라고 생각해요."

"또 어려운 말 하네, 서아름."

현명이가 입을 삐죽였지만 아름이는 아랑곳하지 않고 진지한 표정으로 말을 이었다.

"공부를 하면서 내가 좋아하는 게 뭔지, 뭘 잘하는 사람인지 찾을 수 있어요. 처음에는 이게 흥미롭다고 생각했지만 나중에는 생각이 바뀔 수도 있잖아요. 공부는 그런 다양한 시각을 가질 수 있는 계기를 주는 것 같아요. 그런 과정을 통해 자신의 미래를 그려 볼 수 있고요. 가만히 있으면 아무도 내 미래를 찾아 주지 않잖아요."

현명이는 입을 떡 벌리고 아름이의 말을 들었다. 아름이가 저렇게 길게 말하는 것도 처음 들어 봤지만, 말을 저렇게 잘하는 초등학생도 처음이었다. 현명이는 속으로 감탄을 거듭했다.

"아름이가 좋은 얘기를 해 줬네. 그럼 의사가 되겠다는 아름이 목표가 바뀔 수도 있는 거야?"

"지금은 아니에요. 그건 바뀌지 않을 것 같아요. 다만 공부를 하면서 다양한 영역에 흥미가 생기니까 나중에 커서 인생을 더 넓고 재미있게 즐길 수 있을 것 같아요."

"와, 대단하다, 진짜."

아름이를 바라보는 현명이 눈에 하트가 가득 담겼다.

"감탄만 하지 말고 현명이도 공부를 왜 해야 하는지 목적을 찾았으면 좋겠어."

"형, 근데 나는 축구 선수가 되고 싶은데, 그렇다면 축구에 더 시간을 투자하는 게 맞는 거 아냐?"

현명이가 예전부터 궁금했던 말을 꺼내 놓았다.

"좋은 질문이네. 그런데 현명아, 공부는 단지 성적을 올리기 위한 수단이 아니야."

"에이, 솔직히 성적 잘 받으려고 공부하는 거잖아."

"결과적으로는 그렇지만 그게 공부하는 이유의 전부는 아니야. 학교생활을 성실히 하고 그에 따라 공부에 최선을 다하면서 다양한 가치를 배울 수 있는 거야."

"가치? 무슨 가치?"

"공부를 하면 인생을 살아가는 데 필요한 상식과 기초적인 지식을 배울 수 있고, 판단력과 논리력과 이해력이 길러지지. 그리고 생각이 깊고 단단해져. 내 일을 끝까지 해 내는 책임감과 싫은 것도 참고 해 보는 인내심, 단체 생활을 통해 다양한 친구들을 만나고 서로를 배려하는 법도 배울 수 있지. 이런 것들이 다 학교생활과 공부를 통해 배울 수 있는 가치들이야."

현명이가 진지한 표정으로 고개를 끄덕였다. 100퍼센트 다 이해할 수는 없지만 몇 개는 이해가 됐다.

"모든 나라가 아이들을 학교에서 가르치는 이유가 있어. 이런 기본적인 교육을 받아야 올바른 생각과 행동을 하는 사회인이 될 수 있으니까."

"어렵지만 무슨 말인지 알 것도 같아."

현명이가 머리를 긁적이며 말했다.

"그리고 저는 공부가 정직해서 좋아요."

아름이가 대뜸 말했다. 현명이는 이게 또 무슨 소리인가 싶어 아름이를 쳐다봤다.

"아름아, 이건 하이파이브감이다. 오빠도 그렇게 생각하거든."

두 사람은 또 하이파이브를 했다. '아, 이 하이파이브 굴레에서 언제 벗어나려나.' 현명이는 그런 생각을 하며 작게 한숨을 내쉬었다.

"공부만큼 내가 투자한 걸 그대로 보여 주는 것도 없어."

"무슨 소리야, 서아름! 내가 공부에 배신당한 적이 있는데!"

"그건 너의 목표가 너무 높았기 때문이야. 잘 생각해 봐. 공부는 분명 네가 노력한 시간, 네가 투자한 시간만큼을 보여 줬어."

현명이가 눈동자를 굴리며 진짜 그런지 생각해 보았다. 아름이 말도 맞는 것 같았다. 열심히 공부한 과목의 성적은 다 올랐다. 하지만 확실히 이해하고 넘어가지 않은 문제는 틀렸다. 나중에 오답 노트를 정리해 보니 아리송했던 개념의 문제들은 여지없이 틀린 걸 발견했다.

"현명이 표정 보니까 아름이가 족집게처럼 맞춘 것 같은데?"

현재가 싱글싱글 웃으며 말했다.

"성적이 나쁜 건 공부를 안 했기 때문이고, 성적이 좋은 건 공부를 많이 했기 때문이야. 공부는 이렇게 노력한 만큼의 결과를 딱 보여 줘서 너무 좋아. 세상엔 안 그런 게 너무 많잖아."

"듣고 보니 그렇네."

현명이가 과자를 한 움큼 집어서 입속에 털어 넣으며 고개를 끄덕였다. 아름이는 열두 살밖에 안 됐는데 왜 저렇게 아는 게 많은지 신기할 따름이었다.

"어른들이 공부에는 나이가 있다고 말하잖아. 들어봤지?"

"응. 근데 여러 사정으로 공부를 못했던 분들이 나이 들어서 공부하는 것도 많이 봤어."

현명이가 의문을 제기했다.

"맞아. 그런데 그런 분들은 일을 하면서 공부도 하셔. 아마 너희보다 더 많이 노력하고 정신적으로도 육체적으로도 많은 어려움이 있을 거야. 공부에만 전념할 수 있는 기간은 정해져 있어. 그리고 그런 환경은 잘 오지 않지."

"맞아요. 우리 엄마도 항상 대학원 가서 공부하고 싶다고 하는데 회사를 다니다 보니 시간을 내기가 너무 어렵대요. 피곤하기도 하고요."

"맞아. 그 나이대에 하면 조금 더 쉽고 편하게 할 수 있는 일들이 있어. 공부도 그렇지. 그래서 공부할 시기를 지나서 도전하는 분들에게 박수를 쳐 주는 거야. 대단한 일이니까."

"무슨 말인지 알겠어, 형."

현명이가 미소를 지으며 대답했다.

"형은 현명이가 공부의 목적을 찾았으면 좋겠어. 그게 성적을 잘 받는 것보다 훨씬 더 중요해. 그 목적을 찾으면 공부는 날개를 달게 되어 있어."

아름이도 고개를 끄덕이며 현명이를 바라봤다. 현명이를 응원하는 눈빛이었다.

"알았어. 내가 왜 이 힘든 공부를 해야 하는지 오늘밤 곰곰이 생각해 볼게. 그리고 찾게 되면 두 사람한테 알려 줄게."

현재가 활짝 웃으며 손을 들려고 했다. 또 하이파이브를 하고 싶어 하는 몸짓이었다. 현명이는 얼른 두 손으로 과자를 잔뜩 집었다. 하이파이브는 제발 이제 그만!

의대생이 알려 주는
이렇게 공부하면 나도 우등생!

공부를 해야 하는 여섯 가지 이유

첫째, 공부를 열심히 하면 인생을 살아가는 데 있어서 필요한, '공부만큼 중요한 가치'들을 배울 수 있어. 포기하고 싶은 순간에도 끝까지 버텨 내고 쉬고 싶은 순간에 조금이라도 더 공부하며 부족한 부분을 채우려고 노력하면서 '끈기'를 배우고, 공부를 하면서 작은 성공 경험에서 '성취감'을 얻고, 이를 바탕으로 '자신감'을 갖게 돼. 학교에서 친구들과 함께 공부하면서 '협동심'과 '사회성'을 배우기도 하지. 결국 공부를 통해 나 자신을 더욱 성장시킬 수 있고, 더욱 성숙한 인간이 되는 데 도움을 받을 수 있어.

둘째, 미래에 선택의 폭이 넓어져. 초등학교 때는 나중에 무엇을 하고 싶은지, 어떤 직업을 갖고 싶은지 명확히 정하는 게 쉽지 않아. 꿈도 시시때때로 바뀌지. 하지만 공부를 열심히 하면 나중에 선택할 수 있는 직업의 선택지 수가 많아져. 더 넓은 세상을 만나고 나의 성향과 취향을 찾아가면서 내가 정말 좋아하는 게 무엇인지 찾을 수 있게 되거든.

셋째, 어떤 활동을 하든 공부는 기본 중의 기본이야. 우리 일상은 모든 것이 '공부'로 이루어져 있어. 인생을 살아가는 데 꼭 필요한 상식과 지식을 공부를 통해 익히니까. 공부는 우리 일상 속에 깊이 스며들어 있고, 공부를 하지 않으면 올바른 어른, 건강한 사회인으로 성장하기 어려워.

넷째, 공부는 어린이와 청소년의 권리이자 의무야. '엄마, 아빠는 공부도 안 하면서 왜 나한테만 공부하라고 하지?' 하는 생각을 해본 적 있지? 하지만 어른들은 직업을 통해 다른 방식으로 공부하고 있어. 어른들이 직업을 가지고 있듯이 너희들 직업은 '학생'이야. 직업을 가진 사람들이 각자 맡은 바 역할에 최선을 다하듯, 너희들 직업은 학생이니까 공부를 열심히 해야 해. 그게 너희한테 주어진 역할이니까.

다섯째, 인생은 하고 싶은 일보다 해야 할 일이 우선이야. 우리에게는 언제나 '해야 할 일'과 '하고 싶은 일'이 주어져. 우리는 이 사이에서 늘 갈등하지만, 더 중요한 건 '해야 할 일'을 하는 거야. 공부뿐만 아니라 인생은 해야 할 일을 먼저 하는 것이 우선이거든. 이를 닦지 않고 자고 싶지만 이를 닦아야 하고, 학교에 가지 않고 놀고 싶지만 학교에 가야 하고, 귀찮아서 샤워를 하고 싶지 않더라도 몸을 씻어야 해. 해야 할 일을 하고 난 뒤에 하고 싶은 일을 하는 것이 사회인으로서 반드시 가져야 할 자세라는 걸 잊지 말자.

여섯째, 공부할 수 있는 가장 좋은 시기는 바로 지금이야. '공부에는 때가 있다.' 라는 말을 들어 본 적 있지? 물론 직장을 다니면서, 또는 할머니 할아버지가 돼서도 공부할 수 있어. 하지만 오로지 공부에만 집중할 수는 없지. 돈도 벌어야 하고 생활도 해야 하잖아. 그만큼 힘들고 어렵게 공부를 해야 한다는 뜻이야. 하지만 초중고 때는 어때? 오로지 공부와 학교생활에만 집중하면 되잖아. 이런 시기는 다시 오지 않아. 나에게 주어진 이 황금 같은 시기를 놓치지 말고 최대한 활용하면 좋겠어.

우리 형이 최고야!

현재와 현명이가 함께 하는 공부는 한 과목당 50분으로 시간이 늘었다.

"이제 현명이도 공부하는 습관이 어느 정도 자리 잡은 것 같으니까 공부 시간을 조금 늘려 보자. 그래도 잘 적응할 것 같아."

"나 승진한 거야?"

현명이의 말에 현재가 큰 소리로 웃었다.

"그래, 승진이라면 승진이네. 이젠 형이 시키지 않아도 수학 개념 노트도 혼자서 작성하잖아. 영어 단어도 하루도 안 빠지고 외우고."

"개념 노트는 재밌어, 형. 형이 힌트를 준 대로 누군가를 가르친다고 생각하면서 노트를 쓰거든. 내가 선생님이 됐다고 생각하면서. 그럼 진짜 내가 뭘 모르고 뭘 아는지 확실히 알게 돼."

"바로 그거야. 내가 완전히 이해하지 못하면 절대 누구도 가르칠 수 없거든. 영어나 사회 과목도 그런 식으로 공부하면 정말 잘 외워져. 잘 잊어버리지도 않고."

현재는 현명이가 공부 방법을 빨리 찾아가고 있는 게 너무나 기특했다. 운동만 하던 아이라 이렇게 빨리 자리 잡을 거라고는 생각 못 했는데, 뜻밖이었다. 엄마에게 그 얘기를 했더니 "엄마 닮아서 그래."라며 어깨를 으쓱였지만, 현명이가 이렇게 빨리 성장한 건 현명이의 태도 덕분이라고 현재는 생각했다. 아무리 머리가 좋아도 무언가를 하겠다는 마음가짐이 없으면 아무것도 할 수 없다. 현명이에게는 그런 태도가 있고, 그건 축구에도 적용됐다. 어디까지 하고 싶다는 목표가 뚜렷한 현명이는 축구를 할 때도 어떤 공격 패턴을 배우고 싶다고 마음먹으면 끈질기게 물고 늘어지는 성향이 있었다. 그러다 보니 느리게 성장했다. 하지만 확실하게 성장했다.

"형은 현명이가 뭐든지 대충하지 않았으면 좋겠어. 지금도 그러고 있지만, 무엇이든 확실하고 정확하게 했으면 해. 대충 하면 나중에 똑같은 걸 또 해야 하고, 그러다 보면 지치거든. 처음부터 확실하게 하면 그런 수고를 안 해도 돼. 공부도 운동도 다 마찬가지야. 잘 모르는데 아는 것처럼 넘어가거나 선생님이 아는 걸 내가 안다고 착각하지 말고, 천천히 꾹꾹 다지면서 성장해 가면 좋겠어."

"아, 우리 형 또 어려운 말 하네."

"어려웠어?"

"왜 형이나 아름이는 말을 그렇게 어렵게 해? 그냥 쉽게 한마디로 하면 되잖아. 성급하게 생각하지 말고 차근차근 정확하게 확실히 공부하자! 이 말 아니야?"

"맞아, 그 말이야. 하하하하."

"형, 나중에 의사 선생님 돼서 환자들한테도 그렇게 어렵게 말하면 안 돼. 환자들은 정확하고 쉬운 말을 좋아해."

"와, 형이 동생한테 한 수 배운다."

"다 형의 가르침 덕분이지."

두 사람이 서로의 얼굴을 보면서 활짝 웃었다.

"영어 단어는 앞으로 하루에 15개로 늘리자."

"갑자기?"

현명이의 눈이 동그래졌다.

"실력이 늘면 느는 만큼 공부 범위도 넓어져야지. 맨날 제자리걸음을 할 수는 없잖아. 곧 영어 일기도 쓸 거야."

"첩첩산중이네."

현명이가 푸욱 한숨을 쉬었다.

"근데 현명아, 다른 건 다 열심히 하면서 책은 왜 안 읽어?"

현재 형이 걱정스러운 듯 물었다.

"아, 책은 진짜 너무 지루해. 글 쓰는 건 너무 어렵고. 아름이는 그 재미없는 책을 어떻게 그렇게 맨날 읽지?"

"책도 읽다 보면 늘어. 그 안에서 재미가 찾아져. 국어 공부 때문에 읽어야 한다고 생각하지 말고, 정보를 얻고 내가 모르는 새로운 세상을 만난다고 생각해 봐. 너무 어려우면 짧은 분량의 책으로 시작하는 것도 좋아. 형이 수학이나 영어를 가르쳐 줄 수는 있지만 책 읽는 법을 가르칠 수는 없어. 그런 방법은 있지도 않고. 형이 억지로 책을 읽힐 수는 없잖아. 그건 온전히 너의 몫이야. 책 읽기가 너무 힘들면 한 권을 골라서 하루에 10분이나 20분씩 매일매일 읽어 봐. 분량은 상관없고 무조건 시간을 정해서 읽는 거야. 단, 하루도 빼먹으면 안 돼."

"아, 그 방법도 습관 들이기랑 똑같네."

"맞아. 책 읽는 습관을 들이는 과정이지."

현명이가 좋은 방법이라는 듯 고개를 끄덕였다.

"나는 책 한 권을 잡으면 그걸 짧은 시간 안에 읽으려고 했거든. 그러니까 남은 분량만 눈에 들어오고 읽기가 싫어지더라고. 근데 형이 알려 준 방법으로 읽으면 부담 없을 것 같아."

그날부터 현명이는 하루에 15분씩 책을 읽기로 했다. 처음에는 언제 시간이 가나 힐긋힐긋 시계만 봤는데, 한 달 동안 매일매일 책을 읽다 보니 어떤 날은 20분을 넘길 때도 있었다. 책을 한참 읽다가 아차 싶어 시계를 봤는데 15분을 훌쩍 넘어 있으면 기분이 참 좋았다.

"독후감도 처음부터 길게 쓰려고 하지 마. 처음에는 한두 문장으로 시작해도 좋아. 책을 읽고 무엇을 느꼈는지 내 생각을 잘 표현할 수만 있다면 글밥은 중요한 게 아니야."

현명이는 처음에 공부 잘하는 형이 자신한테 무리한 공부를 시킬까 봐 걱정을 했다. 공부 잘하는 사람은 공부 못하는 사람의 마음을 잘 모를 테니, 자기 수준에 맞춰서 불도저처럼 밀고 나가는 게 아닐까 지레 겁을 먹은 것이다. 하지만 현재는 수준에 맞는 공부를 강조했다. 아름이에게는 아름이에게 맞는 공부법이, 현명이에게는 현명이에게 맞는 공부법이 있다고 말했다. 괜히 수준에

도 안 맞는 아름이 공부법을 쫓아하다가는 현명이만 지친다고 말이다. 현명이는 현재의 말이 처음에는 창피했지만, 나중에는 참 고마웠다. 그만큼 현명이를 잘 이해하고 있다는 뜻이니까 말이다.

"형, 나한테 이렇게 소중한 시간을 내줘서 정말 고마워. 방학이라 형도 하고 싶은 일이 많았을 텐데…. 대학 입학하고 첫 방학이잖아."

"아, 그렇지 않아도 형 해외여행 떠날 거야."

"뭐라고?"

현명이의 턱이 발끝까지 떨어졌다.

"진짜루? 형 혼자?"

형이 고개를 끄덕였다.

"나는?"

현명이가 자신을 손가락으로 가리키며 물었다.

"너? 넌 공부해야지."

"아, 실망이야, 형!"

현명이는 갑자기 온몸에 기운이 쏙 빠졌다. 해외여행이라니, 얼마나 신나고 재밌을까!

"형, 못 가. 안 돼!"

"왜?"

현재가 입가에 미소를 띠며 되물었다.

"나 모르는 거 많아. 나 가르쳐 줘야 돼."

현명이가 괜한 떼를 썼다.

"야, 이현명. 사람은 평생을 배워야 하는 거야. 그럼 형은 평생 동안 너만 가르쳐 줘야 돼?"

"응, 맞아. 아무 데도 못 가고 나만 가르쳐야 돼."

현재는 고개를 뒤로 젖히며 크게 웃었다.

"네가 이렇게 나올 줄 알고 형이 준비한 게 있지."

현명이 눈이 동그래졌다. 혹시 같이 여행을 가자는 걸까?

"내년 여름방학에 형이랑 해외여행 가자. 네가 가고 싶은 나라로. 어때?"

현명이는 갑자기 숨이 턱 막혔다. 이게 정말 현실에서 들리는 소리가 맞나 꿈꾸는 것 같았다. 현명이가 자리를 박차고 거실로 나갔다. 거실에는 엄마와 아빠가 식탁에 앉아 두런두런 이야기를 나누고 있었다.

"엄마, 아빠!"

현명이가 소리를 빽액 지르자 엄마와 아빠가 깜짝 놀라며 현명이를 돌아봤다.

"어휴, 귀 떨어지겠네. 또 무슨 일이야?"

엄마가 귀를 막았다 떼며 현명이에게 물었다.

"엄마 아빠, 그 소식 들었어?"

"이번엔 또 무슨 소식이야?"

아빠가 호기심 어린 눈빛으로 물었다.

"형이 내년 여름방학에 해외여행 데리고 간대!"

현명이가 발을 동동 구르며 기쁨의 환호성을 질렀다.

"아, 그 소식."

이미 알고 있었다는 듯한 엄마 아빠의 반응에 현명이가 정색을 하며 물었다.

"알고 있었어?"

"알고 있었지. 우리도 갈 건데."

엄마 말에 현명이 눈이 아까보다 더 커졌다.

"진짜로?"

"그래. 엄마랑 아빠는 일주일 정도 있을 거야. 그다음부터는 너희 둘이 여행할 거고."

아빠가 환하게 웃으며 말했다.

"아싸, 신난다!"

현명이는 하늘을 날 것처럼 기뻤다. 기쁨을 주체할 수 없어 거실을 뛰어다니며 소리를 질렀다.

"현명아, 조용 조용. 층간 소음 안 돼!"

엄마 말이 떨어지자마자 현명이가 발뒤꿈치를 들고 조용히 뛰었다.

“야호, 신난다! 너무 신난다!”

“그렇게 좋아?”

방에서 나온 현재가 싱글벙글 웃으며 물었다.

“좋지, 형! 온 가족이 외국으로 여행을 가는데 안 좋겠어? 나 영국 가서 손흥민 만날래!”

“그래, 그래. 손흥민도 만나고 이강인도 만나.”

아빠도 점점 흥이 오르는 듯 현명이의 기분에 맞춰 흥이 난 듯 말을 이었다.

“야호, 형, 엄마, 아버지! 나 진짜 공부 열심히 할게. 이렇게 큰 선물을 주다니 너무 좋고 신나!”

“형 생각이었어. 공부하는 네 태도가 너무 성실하고 멋지다고 선물을 꼭 주고 싶다고 그러더라. 형이 지금까지 모은 돈까지 보태고 싶대.”

현명이 눈에 동글동글 눈물이 맺혔다. 현명이가 현재에게 달려가 와락 안겼다.

“어이쿠, 이 정도로 좋아할 줄은 몰랐는데 현명이가 이렇게 기뻐하니 형도 너무 기쁘다.”

현재가 현명이 등을 토닥여 주었다.

“형, 진짜 고마워. 그리고 그동안 미안했어. 나 사실은 형이 좀 어색했거든."

"하하하하, 형도 알고 있었어. 형 잘못이지, 뭐. 형이 공부한다고 너한테 너무 신경을 안 썼어. 우리 막둥인데."

현명이가 형을 올려다보았다. 형은 인자한 미소를 지으며 현명이를 따뜻한 눈빛으로 바라보았다. 현명이가 다시 형을 꽉 끌어안았다.

"형, 진짜 고마워. 형이 최고야! 형이 내 형이라서 정말 행복해! 사랑해, 형!"

놀 땐 놀고,
공부할 땐 공부하고!

현재가 여행 계획을 발표하고 난 뒤 현명이는 공부에 더 집중했다. 형이 마음 써 주는 것이 너무 고마워서 그런 형한테 열심히 하는 모습을 보이고 싶었다. 형 말대로 수업 시간은 늘어났지만 집중력을 최대한 끌어올렸고, 영단어 책도 한 권을 다 외웠다. 그리고 꼼꼼한 복습을 위해 두 번째 암기에 들어갔다. 책 읽기는 여전히 힘들었지만, 형의 말대로 하다 보니 어느새 하루 25분으로 독서 시간이 늘어났다. 억지로 늘린 게 아니라 자연스럽게 늘어난 것이다. 수학 개념 노트도 어느새 반 넘게 정리가 되어 갔고 새로운 심화 문제집도 풀기 시작했다.

이 모든 것이 순서대로 차근차근 일어난 일이었지만, 돌아보면 정말 큰 변화였다. 예전의 현명이는 공부와는 아예 인연이 없는 아이였으니까 말이다. 현명이는 스스로를 공부머리가 없는 아이, 공부 못하는 아이라고 규정지었다. 아름이 말처럼 그건 어쩌면 핑계였을 수도 있다. 공부하기 싫으니까 그렇게 마음을 닫아 버렸던 것이다. 하지만 공부는 누구나 할 수 있는 일이었다. 마음만 먹는다면 말이다.

며칠 뒤, 현재는 미국으로 여행을 떠나기로 했다. 가기 전에 현명이를 방으로 부른 현재는 현명이에게 물었다.

"형 없어도 혼자 공부할 수 있지?"

"응, 문제없어!"

"공부 시간도 잘 지켜야 돼. 핸드폰도 보지 말고. 시간 지켜서 게임하고."

"걱정 마, 형. 내 몸 속에 시계가 있다고."

"모르는 거 있으면 어떡할 거야?"

"학원 선생님한테 물어보면 되지. 영어나 국어는 아름이한테 물어보고."

"아, 참. 네 옆에는 아름이가 있지."

"그러니까 걱정 말고 여행 잘 다녀와, 형. 올 때 내 선물은 꼭 사 오고."

"그래, 내 첫 제자 아름이랑 현명이 선물은 꼭 사 와야지."

"아름이 선물도 사 오려고?"

현재가 그게 무슨 소리냐는 듯 물었다.

"당연하지. 네 선물을 사면 아름이 선물도 사야지."

"하트가 더 커지겠네."

현명이가 혼잣말로 중얼거렸다.

"뭐라고?"

"아냐, 형에 대한 나의 하트가 점점 커진다고."

현명이가 대충 둘러댔다.

"형은 월요일에 출국하니까 내일 토요일에 배드민턴 치자."

"아름이랑 같이?"

"아름이랑 준오, 성태 다 같이!"

"와, 좋은 생각이다! 지금 당장 준오랑 성태한테 연락할게."

현명이는 신이 나서 준오와 성태에게 전화를 걸었다. 물론 두 아이 모두 오케이였다.

다음 날, 10동 아파트 앞 놀이터가 아침부터 시끄러웠다.

"오빠, 월요일에 미국 간다면서요?"

아름이가 서운한 얼굴로 물었다.

"응, 아름이 선물 잔뜩 사서 돌아올게."

"그럼 우리 공부는요? 이제 끝이에요?"

아름이 표정에서 슬픔이 묻어났다. 현명이는 그런 아름이를 보며 아무도 모르게 작게 한숨을 내쉬었다.

"이제 오빠가 없어도 너희들끼리 너무 잘할 것 같아서 오빠가 빠져 주는 거야. 물론 여기서 끝이 아니라 잠시 중단이지. 너희들이 중학교, 고등학교에 가도 오빠는 너희들을 가르칠 거야."

"와, 진짜요?"

아름이가 박수를 치며 좋아했다. 현재만 보면 표정이 밝아지고 말이 많아지는 아름이가 현명이는 너무 신기했다. 그리고 얄밉기도 했다. 저 눈 속의 하트는 언제쯤 없어질까?

"형, 아직 경기 시작 안 했죠?"

"형, 우리도 왔어요!"

저 멀리서 준오와 성태가 배드민턴 라켓을 들고 달려왔다.

"역시 이럴 땐 절대 안 늦는 나의 베프들."

현명이 말에 준오와 성태가 엄지손가락을 치켜세우며 눈을 찡긋했다.

"자, 경기는 토너먼트로 할까?"

현재의 물음에 아이들이 아우성을 쳤다.

"형, 바보예요? 짝이 안 맞는데 어떻게 토너먼트를 해요?"

"우와, 엄친아인 줄 알았더니 엄친바보다."

아이들이 현재를 놀려댔다.

"내가 있는데 왜 토너먼트가 안 돼?"

갑자기 들려온 목소리에 뒤를 돌아보니 현명이 아빠가 운동복을 한껏 갖춰 입고 서 있었다. 아이들이 깜짝 놀라며 환호성을 질렀다.

"와, 아저씨! 복장부터가 1등인데요!"

준오의 말에 아빠가 가슴을 쫙 폈다.

"준오가 사람 보는 눈이 있구나. 1등은 무조건 아저씨 거지!"

그러자 현명이가 끼어들었다.

"걱정하지 마, 얘들아. 우리 아빠 배드민턴 치는 거 난 한 번도 못 봤어. 참고로 아빠는 모든 스포츠를 잘한다고 맨날 그러셔."

현명이의 말에 아이들이 왁자하게 웃었다. 그러자 아빠가 고개를 절레절레 흔들며 말했다.

"무슨 소리! 이래 봐도 아빠가 배드민턴 신동 출신이야."

이번에는 성태가 끼어들었다.

"길고 짧은 건 대봐야 알죠!"

아이들이 저마다 고개를 끄덕였다. 서로가 1등이라고 아우성을 치자 현재가 분위기를 수습하며 말했다.

"자자, 모두 설레발은 넣어 두시고, 그럼 가위바위보로 경기할 상대를 정해 볼까요?

그때 아빠가 현재에게 물었다.

"최종 우승자에게는 어떤 선물이 있어?"

"떡볶이 파티?"

아이들 뒤에서 또 다른 목소리가 들려왔다. 배드민턴 팀이 일제히 뒤를 돌아보자 이번에는 엄마가 활짝 웃으며 서 있었다.

"오, 그거 좋다."

아빠가 누구보다 즐거워하며 말했다.

"엄마가 또 떡볶이 장인이잖아. 그건 엄마한테 맡겨."

엄마 말에 모두가 환호성을 질렀다.

"공부할 땐 공부하고, 놀 땐 놀고, 먹을 땐 확실히 먹고!"

아빠가 큰 소리로 외치자 아이들이 "예예예!" 하며 환호성을 질렀다. 토요일 아침, 아파트 앞 놀이터는 아이들의 환호성과 배드민턴 치는 소리로 가득 찼다. 따가운 태양도 잠시 구름 뒤에 숨어 아이들이 실컷 놀 수 있게 시원한 그늘을 선물했다.

공부는
엉덩이의
힘으로!
끈
기

전교 1등 의대생의 초등 공부법
스스로 공부하는 아이들

제1판 1쇄 발행 | 2024년 11월 13일
제1판 3쇄 발행 | 2024년 12월 27일

지은이 | 임민찬
그린이 | 최경식
펴낸이 | 김수언
펴낸곳 | 한국경제신문 한경BP
책임편집 | 마현숙
교정교열 | 최은영
저작권 | 박정현
홍　보 | 서은실 · 이여진
마케팅 | 김규형 · 박정범 · 박도현
디자인 | 이승욱 · 권석중

주　소 | 서울특별시 중구 청파로 463
기획출판팀 | 02-3604-556, 584
영업마케팅팀 | 02-3604-595, 562　FAX | 02-3604-599
H | http://bp.hankyung.com　E | bp@hankyung.com
F | www.facebook.com/hankyungbp
등　록 | 제 2-315(1967. 5. 15)

ISBN 978-89-475-4985-1 73810

책값은 뒤표지에 있습니다.
잘못 만들어진 책은 구입처에서 바꿔드립니다.